欲

西川三郎

幻冬舎文庫

欲

目次

第一章

1

　横浜の野毛《のげ》町にある古びた十階建てマンションの一室を結城《ゆうき》彩《あや》が出たのは午後二時半であった。

　野毛から歩いて二十分もあれば目的地のみなとみらい21に着く。両側に古い小さな商店が軒を連ねる野毛の大通りを、ベージュのジャケットに白いカットソー、紺のパンツにローヒールを履いた彩は背筋を伸ばし足早で歩いていた。長身で脚が長く、きめの細かい肌は抜けるように白かった。褐色のやわらかいセミロングの髪、鼻はほどよく整い、唇が小さい。とても三十五歳にはみえない若々しさである。

　土日には人込みであふれる日本中央競馬会の馬券売り場があるウインズ横浜のビルの前を

通り、しばらく行くと「横浜にぎわい座」に出る。落語や漫才、大道芸などをやっている大衆芸能専門館である。そこから地下道をくぐり、JR桜木町《さくらぎちょう》駅の切符売り場を通ると、みなとみらい地区の広場に出る。多くのビジネスマンが急ぎ足で行き交う目の前に七十階建ての威容《いよう》を誇るランドマークタワーが聳《そび》え、そこに通じるエスカレーターに乗り、二階に上がって動く歩道に身をゆだねる。横浜港から吹いてくる海風が褐色の髪をゆらす。残暑が去り、潮の香りにさわやかな秋の匂いがする。

タワーに隣接している多数の店舗が連なるランドマークプラザ内の人込みを抜け、横浜美術館側の出口を出て石畳を歩く。横目で催しの案内を見ると、フランス印象派の絵画展をやっている。以前は美術館やオペラ鑑賞などにも出かけていたものだが最近はそんな余裕もない。そこを突き抜けると超高層マンションが群がる通りに出る。メモを確かめながら歩く色白の彩の額にかすかな汗が浮いてくる。

訪問先は「みなとみらいヒルズ」十五階の十二号室。その部屋で独居している七十二歳の友野《ともの》雄吉《ゆうきち》の介護を依頼されたのである。彩は横浜で一番大きい訪問介護会社ウェルネスの登録介護ヘルパーで、介護歴はまだ一年足らずであった。

先日、横浜駅西口にある本社に呼ばれ専務の沢村明人《さわむらあきと》から直々《じきじき》に指示され、彩は友野雄吉の介護を引き受けたのだった。今日はその初日である。雄吉は横浜にある人材派遣会社の創業者で、引退して「みなとみらいヒルズ」で独り暮らしをしていたのだが、肺がんを患い、通院しながら療養しているという。その友野雄吉はヘルパーに、「寡黙な独身女性」という条件だけをつけた。スタッフが協議し、結城彩を派遣させることで一致した。

その話を受けて沢村は、直々に友野雄吉に電話をかけたという。

「専務か」と相手を値踏みするような低い声で雄吉は言い、希望通りのヘルパーはいるのかと訊《き》いてきた。威圧的な雄吉の声に沢村は反撥《はんぱつ》を覚えながらも、「います」と返答すると、「どんな女だ」と雄吉は訊き返してきた。「料理もうまいですよ」と沢村が何気なく言うと、しばらく間があり、契約してもいいからマンションに来てほしいと言って電話を切ったそうである。

ケアプランなどを作成する介護支援専門員であるケアマネジャーの村井由紀《むらいゆき》を連れて雄吉のマンションを訪問した沢村は、契約内容ならびに守秘義務等を記載した書類の承諾手続き等の介護契約を終えたのだった。雄吉は七月に肺に悪性腫瘍《しゅよう》が見つかり、手術はしないで抗がん剤と放射線療法をし、現在は通院治療をしているが、外見上は健常者と変わらない。

「プライドの高い気難しい爺《じい》さんだが、末期がんに怯《おび》えている病人だからね」

沢村は彩に危惧とも忠告とも取れる言い方をした。

通りの植え込みに曼珠沙華《まんじゅしゃげ》の真赤な花が連なって咲いていた。時折、ビル風が舞い上がる。彩は風で乱れる髪を手で押さえ、目的のマンションに向かった。この辺りの高層マンションはどれも同じ高さのタワー型で番地では探しづらかったが、その中でもひときわ大きな豪華マンション「みなとみらいヒルズ」はすぐわかり、立ち木が茂るポーチから形の美しいタワーマンションを仰ぎ見て、思わず彩は溜息がでた。

大理石の壁に囲まれたエントランス入口のインターホンのボードに、指示された「1512」の番号を入力する。

「はい」

低いトーンの無愛想な声がした。

「ウエルネスから参りました結城です」

彩はインターホンに告げた。

「ご苦労さま」先ほどとは違う優しい声がする。「十五階だけど、一人でこれますか？」

「エレベータに乗ればよろしいのでしょう」

「二十階行きのエレベータを利用して……乗る前にそばにあるボードで再度部屋番号を入力してください」

「わかりました。そうします」

エントランスの自動ドアが開き、マンションの中に入るとカウンターがあり制服姿の女性コンシェルジェが二人いて、彩に会釈をした。エントランス一階には来客用のソファとテーブルが二箇所あり、その奥にカフェまである。会釈を返した彩はマンションのエントランスホールを仰ぎ見る。中央が吹き抜けになっていて陽が差し込んでいる。そのもったいないほどの空間の周囲に部屋が三十階まで延びている。タワーというよりもまるでドームのようなマンションである。しばらく彩はそこに立ち尽くし、見惚《みと》れていた。一階中央は中庭になっていて、滝のような水が流れ、浅い池をなしている。エレベータは三基あり、階層ごとの専用になっていた。二十階行きのエレベータの前で、その横に設置されたボードに「1512」の番号を再び入力すると、「どうぞ」という雄吉の声がして、エレベータが動き始めた。

十月一日午後三時。これが友野雄吉宅への初回訪問だった。

エレベータを降りると、十五階のフロアは円形になっていて、中央の吹き抜けに沿って半周し、1512号室の玄関のドアホンを押すとドアが開いた。

長身の友野雄吉が濃いブルーのワイシャツに黒いコットンのズボン姿で戸口に立っていた。

「ウエルネスの結城彩です。よろしくお願いします」

玄関口で彩は頭を下げた。

額に深く刻まれた皺《しわ》はいかにも頑固そうだったが、唇がほどけ笑みが浮かんだ。顔色もよく、痩《や》せてもなく、髪は短く刈っていたが、肺がん患者という予備知識がなければ健常者に見えた。

「どうぞ。中に入って……」

雄吉はぎこちなく言った。

「お邪魔します」

彩はローヒールをそろえ、雄吉の後を追うように部屋に入る。フローリングの廊下の先に十五畳ほどのリビングがある。L字型の白いソファがあり、窓にかかる白いレースのカーテン越しに波静かな横浜港が見えた。部屋は掃除機をかけたばかりなのか塵《ちり》一つなく、調度品はシンプルで、いかにも優雅な独り住まいという風情を醸していた。

「一時間半だったね……」

ソファに腰掛けた雄吉は彩を見ながらつぶやいた。

「はい」

雄吉を斜めに彩がうなずく。

「背が高いね」照れたような笑みがこぼれる。「身長は？」

「はい。百七十センチです」

「なるほど……」

彩を見る雄吉の目がひかった。

「お仕事をさせていただくにあたり、この承諾書にサインと捺印《なついん》をお願いしたいのですが、よろしいですか」

それは雄吉を担当するヘルパーが彩でいいかという覚書であった。雄吉は斜め読みをしてから、すぐにサインと捺印をし、書類を差し出した。

「ありがとうございます」礼をのべ、「何か用事があればおっしゃってください」

雄吉の目を見て彩は促した。ソファに座っていては申し訳ない。

「初回だから、今日は何もしなくていいよ」雄吉は目を伏せて言った。「これから君に何かと迷惑をかけることになるだろうから、少し話でもしないか」

利用者の要望に沿うこと、それがウエルネス社長諸井薫《もろいかおる》の経営方針であったが、一時間半も話をしては生活介護にならない。

「お風呂場の清掃とかトイレ掃除。なんでもおっしゃってください」

「だから、今日はいいよ。一応はきれいにしているつもりだからね」

雄吉はムッとしたように言った。

「お買物でも結構です」

彩は用事を言いつけてほしかったのである。

「僕と話をしたくないんだな」

雄吉は眉間《みけん》に皺をため、不満そうに言った。

「いえ、そんなことはありません」

彩は笑顔で答えた。

「それならいいけど」雄吉はうなずき、「明日の話をして申し訳ないが、病院に付き添ってもらいたい。都合はつきますか」と訊いた。

「明日の午前中は空いていますが、勝手に私が承諾はできないのです」

「わかった。あとで沢村専務に連絡しよう」

そう言うと、雄吉は黙った。

2LDKの部屋は、テレビとテーブルがあるリビングルームにキッチンがついており、あと二つの部屋があるのだろうが、とにかくよく整頓されている。

「コーヒーでも淹《い》れようか」

沈黙を破って雄吉は訊いた。

「私がお淹れしましょうか。コーヒーは冷蔵庫ですか」

彩はソファを立った。

「これから何かとお世話になりそうだから、そうしてもらおうか」

雄吉が彩をキッチンに案内した。

部屋に入ったときから臭《にお》いがしていた。雄吉の病気のせいだろうかと思っていたが、その臭いの源は流しの収納のようだった。

「何か臭いませんか」

キッチンに立った彩は訊いた。

「そう言えば、二、三日前から異臭がしてるんだが、何なのかね？」

雄吉は首をかしげた。

「収納を見せていただいてもよろしいですか」

「どうぞ」

彩が収納のドアを開けると、なんともいえない臭いが鼻を襲った。見ると、腐った玉葱《たまねぎ》から褐色の汁がこぼれている。スーパーのポリ袋があったので、保存されていた二個の腐った玉葱をつかんで入れた。

「玉葱を裁断するから、流しの排水口に入れて……早く」

雄吉は狼狽《ろうばい》したのか顔を顰《しか》めて叫んだ。

彩は排水口の蓋《ふた》を取り玉葱を突っ込む。すると蛇口から自動的に水が流れ、玉葱を裁断する音がした。最新鋭のキッチンシステムである。彩はキッチンペーパーで収納の床に垂れている玉葱の汁を拭きとり、洗剤をつけたスポンジで収納の床を丁寧に洗った。

しかし収納には悪臭がしつこく残った。「玉葱の腐った臭い」を彩は初めて嗅《か》いだ。最初彩はその臭いを肺がん末期である雄吉の呼気のせいだと思っていた。それこそ、がん患者特有の臭いで、歯科でがんが見つかる話を彩は聞いたことがある。肺がん、胃がん、大腸がんなど、それぞれに臭いが違うという話だった。雄吉に断って彩は部屋の窓をすべて開け、通気をしたが収納の悪臭は消えず、臭い消しスプレーを使っても取れなかった。

「木炭ありますか」

「ないね」雄吉は答えてから両手を挙げ嘆息した。「困ったなあ」

「コーヒーを淹れた滓《かす》を臭い消しにしてみましょうか」

彩が提案すると、コーヒーメーカーに豆をセットして雄吉はスイッチを入れた。

そのときキッチンで彩と雄吉の体が触れた。

「すまん」

雄吉は必要以上に体を反《そ》らせ狼狽した。そして彩にその表情を見られないようにコーヒーメーカーを見つめコーヒーができあがるのをじっと立って待った。すぐにコーヒーの甘い香りが部屋に漂い始める。彩は収納の中の壁面やパイプなど、あらゆる箇所をスポンジで拭いた。

「一服しないか」

カップにコーヒーを注いで雄吉は言った。

部屋の中にはさわやかな風が吹き抜けていたが、建設中のマンション工事の騒音がうるさく響いてくる。

「窓を閉めてもいいかな」

「ええ」

返事をした彩は、とりあえず収納のドアを閉じた。また部屋に静寂が戻った。コーヒーを飲み終え、時計を見るとここに来てから一時間が過ぎていた。

雄吉は携帯電話でウエルネスに連絡し、彩の明日の来訪予約を入れたあと、「君のプライバシーを訊くのは違反かな」と唐突な質問をしてきた。

「お答えできることならかまいませんが……」

彩は小さな声で返事をする。

「僕が肺がんなのは、知ってるね」

「ええ、存じています」

「もう永くはないから……」喉《のど》から絞り出すような声だった。「僕が死ぬまで介護してもらえないだろうか」

「そんな、弱気はいけません。回復するケースもあります」

彩は慰めを言ったわけではなかった。

「それはない。けど、いつ死ぬか教えてくれなくてね……」

雄吉は神妙な顔をした。彩は黙った。

「人間、遅かれ早かれいずれは死ぬわけだけど、でも、七十二で死ぬのはどうなのかねえ」

それは問いかけというよりも独白に近かった。

彩は答えることができなかった。

「でも、最後に君のような女性にお世話になるとは思ってもいなかった」

彩を見つめて雄吉は言った。

「事業で成功なさったと聞いております。ご立派ですわ。こんな素敵なマンションで独り暮らしされるのも、なんか潔いというか、私は憧れます」

「元気だったらという話だよ。今は健康以外に欲しいものなんかない」雄吉は寂しそうに言い、「ところで、これから君のことをなんと呼べばいいかな」とはにかんだ。

「姓名、どちらでもいいですけど」

彩の返答は早かった。

「結城さん……彩さん……」雄吉はつぶやいたあと、「彩さんでいいかな」

「ええ」

彩にこだわりはなかった。

「失礼だけど、独身？」

「バツイチですよ」

彩はくすっと笑った。

「別れた旦那はどんな仕事をしてたの？」

「外資系の証券会社にいました」

「ほォー、やり手だったんだろうな」

「でも、世界同時株安のとき、失職しましたけど」

「それで……」

雄吉の目が輝いた。

「あのー、そろそろ時間ですので、今日はこれで失礼させていただきます。美味《おい》しいコーヒーを、ご馳走さまでした」

彩はソファに置いていたジャケットに腕を通し、バッグを持った。

「もう一時間半経《た》ったのか」

「はい」

「そうか。ありがとう」

雄吉は頭を下げた。

「明日もよろしくたのみますよ」

玄関先で雄吉は懇願するような顔を彩に向けた。

マンションを出た彩はJR桜木町駅より近くを走る地下鉄みなとみらい線で横浜駅に行き、ウエルネス本社が入居している横浜駅西口のビルを訪ねた。五時、陽が傾き、人込みでごったがえす西口駅周辺のビル街の窓には明かりが点在している。


ウエルネス本社は横浜駅西口から五分のオフィスビルの六階にあった。こぎれいなワンフロアオフィスで、十人のスタッフがパソコンを操作したり、依頼電話を取ったりの多忙ぶりである。受付という格式ばったものはなくオープンスペースに全員が同席している。奥に社長の諸井薫のデスクがあり、専務の沢村は管理部のスペースに座っている。

「専務、ミスしてすみませんでした。先方の怒りがやっと収まりました」

小柄な女性が沢村のデスクの前で頭を下げている。

「僕よりもお客さまを大切にしてくださいね。利用者のお陰で僕たちは給料をもらえる。いつも感謝の気持ちを忘れないようにお願いしますよ」

沢村には偉ぶったところがなく、指示も的確であった。歳《とし》は四十六だが、童顔のため若く見える。社長の薫と十年前にウエルネスを創業し、籍は入ってないものの事実婚の関係にある。薫は二歳年上の姉さん女房で、事業欲旺盛な女性経営者だった。

「友野さんねえ、彩さんのことがとても気に入ったみたいじゃない」

沢村に友野雄吉の件で話をしようと言われ、打合室に座るとすぐに薫が話に割り込んできた。

「スケジュールが空いていたら、何時《いつ》でもいいから毎日来てくれと先ほど、友野さんから電話があってねえ」

沢村はなぜか浮かぬ顔で告げた。

「介護冥利に尽きる話じゃない。自費介護でもいいって言ってるのでしょ」

自費介護だと介護保険が適用されないため利用者の全額負担になる。沢村の隣に座った薫は、気さくさを装いながらも経営者としてのソロバンを顔にちらつかせ満面に笑みを湛《たた》えている。

「でもなあ、彩さんの意向もあるだろう」

「それで、友野さんって、どんな人？　病状は深刻なの？」

気の短い薫は沢村を制して言った。

「みかけは病人らしくないが、末期がんだ。創業経営者然としていてね、横柄な爺さんだ。もっとも、相手がきれいな女性だと態度が変わるタイプかもな」

「そんなことどうでもいいじゃない。ウエルネスにとってはありがたい利用者ですよ、ねえ彩さん」

薫は白い歯を見せて微笑《ほほえ》んだ。

「はい。そう思います」

「じゃあ、お願いね」

そう言うと薫は部屋を出た。

「がん患者は精神的に疲れると思うけど、大丈夫？」

沢村は彩を気遣った。

「仕事頑張らないと生活が大変ですから、助かります」

「友野さんの依頼はすべて受けていいんだね」

沢村は念を押した。

「よろしくお願いします」

彩は頭を下げた。

2

翌朝は空が澄み渡っていた。何よりも野毛の自宅から近いのが助かる。近くのコンビニで除臭用に漂白剤を買って、みなとみらいのマンションに行った。

「早いね」

昨日の気難しそうな顔が消え、玄関でむかえた雄吉の顔には笑みが浮かんでいた。

「お邪魔します」と言って部屋に入り、キッチンの収納を開けるとまだ悪臭が残っていた。しつこい臭いである。彩は昨晩から腐った玉葱の臭いが気になっていた。

「病院の時間は大丈夫ですか？」

水で薄めた漂白剤に布巾《ふきん》を浸しながら訊いた。

「病院は歩いて五分もかからない。まだ三十分ある」

雄吉は彩をじっと見つめてつぶやく。

昨夜インターネットで検索し、玉葱の臭いを中和させるには塩素系漂白剤に浸した布で拭き取ると効果があることを知った。収納のあらゆる箇所を布で丹念にぬぐった。つんと鼻をつく塩素の臭いがたちこめ、玉葱の腐った臭いが中和されていく。

「わるいね」

興味深そうに彩の作業を見ていた雄吉がつぶやく。

「これで臭いは多少緩和されるはずです」

彩は自分の思いつきに満足した。

「すまない」

雄吉は彩に頭を下げた。

「気になさらないでください。野菜が腐っただけのことですから」

「そう。独り暮らしで慣れないことばかりでね……」

清潔できれい好きの性格が傷ついたのかもしれなかった。がんのほうが深刻なはずなのに、腐った玉葱で傷つく雄吉の繊細さに彩は驚いたが、そのことには触れなかった。雄吉は収納に首を突っ込み、薄れた悪臭に満足そうな顔をした。

「ありがとう。そろそろ病院に行こうか」

「はい。お供させていただきます」

ベージュのセーターに紺のスカート姿の彩がうなずく。

雄吉はジーンズに黄色いセーター、それに茶色のハンチングをかぶり、肩にブランドもののバッグを提げていた。病院はマンションから歩いて三分のところにあった。みなとみらい総合病院。十三階建ての白い瀟洒《しょうしゃ》なビルである。九時半、受付を済ませて二階の検査室廊下の細長いソファで待機する。

「ＭＲＩで脳を撮影するんだけど、三十分ぐらいで終わるそうだ。最近、頭が痛くてね」顔を顰めて雄吉は言い、「きっと脳に転移したのだと思うよ」彩を見つめる眼が哀しそうだった。

彩はかける言葉を失ったが、黙っていることのほうが残酷だと思ったので訊いた。

「失礼なことをお訊きして申し訳ないのですが、ご家族は、どうされているのでしょうか」

「会社の跡を継がせた長男は、医師から症状を聴いているはずなのだが何も言わない。きっと聴いた内容が悪いから黙っているんだ」

「奥様は？」

「認知症《にんちしょう》でね、長男夫婦と同居しているが、役に立たんのだよ。だから僕だけマンションにいるんだ。入院しても治るわけでもないし、それに病院が近いからねえ、いつでも駆け込める。まだ独りで生活できるから……それで、ホームヘルパーの世話になろうと思ってね」

「私でよければ、可能なかぎりお世話させていただきます」

「ありがとう」

雄吉の顔から暗い影が一瞬消えた。口では平静をよそおっているが、今日のＭＲＩの結果におびえていることは確かである。

「頼みたいことがあるんだけどねえ……」

顔を近づけてきた。雄吉の呼気が鼻をつく。

「なんでもおっしゃってください」

彩は一瞬顔を背けた。

「主治医から聞き出してほしいことがあるんだ。僕の長女ということで、脳検査の結果と余命を聞き出してくれないかね」

「えっ」

「ほかに頼める人がいれば、頼んだりはしない」

雄吉は腕を組み考え込むふりをした。彩は気の毒になった。

「そんな大事なことを私でよろしいのですか？」

「頼むよ」雄吉は頭を下げる。「始末しておかなければならないことがある。余命がわからないと困るんだ」

そのとき、「友野さん」という声がして、検査技師が入室を促した。

「すぐ終わるから、待ってて」

雄吉は不安そうな顔をした。

「いってらっしゃい」

彩は微笑んで雄吉を見送った。ソファで待っている間、先月亡くなった認知症の老人を思い出した。金曜日の夕方、彩が作った夕食を美味しそうにたいらげ、また来週待ってるよと笑顔で別れたが、月曜に訪問したら急性心筋梗塞《しんきんこうそく》で亡くなっていた。お世話をした人間の突然の死を彩は黙って受け止めた。友野雄吉もそういう風になるのだろうかと想像する。死に怯える老人は子どものように我儘《わがまま》で純真で、そして打算がない。これから彩は毎日雄吉の介護をすることになった。時間はまちまちだったが、彼はとりあえず一週間分を予約したのである。一回一時間半で夕方が多かった。

病院の付き添いで三十分ぐらい待つのは慣れている。彩はいつも文庫を持ち歩いていた。神妙な顔をして雄吉が検査室から出てきたので読んでいた文庫をバッグにしまう。

「これから主治医の診断を受ける」

雄吉は毅然《きぜん》として言ったが、その声は低く小さかった。

内科の診察室廊下のソファで待機している患者の後方に座り順番を待った。並んで座った雄吉は渋い顔をして黙した。彩は下を向き近づく順番に胸が騒いだ。雄吉の長女の役割をしなければならない。

「友野さん」

若い看護師に呼ばれ、雄吉の後ろに従い診察室に入ると、モニターに脳の断層写真が並んでいる。

「うん」

名札に杉下《すぎした》と書かれた四十前後の端整な顔だちをした医師が首をかしげた。

「転移してるんですね？」

食い入るように杉下医師を見つめ、雄吉は顔を顰めた。

「そうですね……」杉下医師はペンで写真の箇所を指し、「その方は、どなたですか」と訊いた。

「長女です」

「そうですか」

杉下医師はうなずいた。

「長男は何も言ってくれないから、今日は長女を連れて来ました。先生、真実を告げてもらえませんか。お願いしますよ、あとどれくらい生きられるのです……」

眉間に険しい皺をため雄吉は訴えた。

「いや」杉下医師は笑顔をつくり、「モルヒネを処方しておきましょう。痛いとき飲んでください」と言い、彩に視線を投げた。

「じゃあ、あとは娘と話してください」

雄吉は怒ったように言った。

「わかりました。お大事に」

憮然《ぶぜん》とした雄吉が診察室を出て行く。残った彩は姿勢を正し、杉下医師をまっすぐに見た。カルテを書き終えると杉下は首をかしげた。

「お兄さんからはお聞きになってないのですか」

「最近の症状については聞いておりません」

彩は長女になりきって答えた。

「お兄さんから本人に余命の告知はしないよう釘をさされていましてね」杉下は確認するように言った。「七月の初診で、あと六ヶ月でした」

「しかも、脳に転移してしまったのですね」

彩は推測した。

「そうです」杉下はうなずき念を押した。「そろそろ入院されたらどうでしょうか。それと個室を希望されるのであれば、事前に予約しないと難しいですよ」

「でも、父はまだ大丈夫だと言っておりまして……」

「激痛を我慢されているはずです。気丈夫そうですが、余命の告知をしたら、落ち込んで寿命を縮めるタイプだとお兄さんに言われ、それで黙っているわけです。ホスピスに入ってすぐ亡くなる患者の症例は数多くあります。終末医療は難しくて、何が本人のためか正直わかりません。あなたのような娘さんがそばにおられたら、お父さんも癒《いや》されるのではありませんかねえ」

そう言うと杉下は次の患者のカルテを取り出した。

「先生、ありがとうございました。あまり長くお話ししていると父が心配しますので、失礼します」

彩がお辞儀をして診察室を出ると、立ったままの雄吉の顔が迫った。

「どうだった？」

「マンションでお話しできますか」

どう答えたものか彩は即断できなかった。

雄吉が病院の支払いを済ませ、薬は彩が受け取った。ビニール袋にはかなりの量の薬が入っている。病院を出るとぎこちない無言状態が続き、やっとマンションに着いた。

リビングに入った彩はキッチンの収納を開け、臭いを嗅いだ。玉葱の悪臭が塩素で中和されたのか異臭は消えたが、今度は雄吉の臭いが部屋に漂っている。

「彩さんが来てくれて、何かと助かるよ」部屋の中をうろうろしながら雄吉は言った。「さっそくだが、医者の話を聞きたい。いいかね」

ソファに座った雄吉は彩をソファに促した。

「その前に、コーヒーを淹れましょうか」

彩は頭の整理をしたかったのでそう訊いた。

「うん」

雄吉がうなずいたので、彩は豆をコーヒーメーカーにセットしスイッチを入れた。豆を挽《ひ》くガァーという音が部屋に響き、しばらくすると甘い香りが漂ってきた。白々しい嘘をついても雄吉は納得しないように思われた。

「友野さんには、何か遣《や》り残されているお仕事がおありになるのですか」

コーヒーカップをテーブルに置いて何気なく訊いた。

「この歳で僕がなぜ独り暮らしを始めたのかわかるかね」

恥じらうような笑顔を見せた。

「独りで集中したいお仕事がおありなのですか？」

「七十を節目に長男に会社をまかせ、退職金でこのマンションを購入した目的なんだがね」

コーヒーを啜《すす》りながら続けた。「読書三昧《ざんまい》の日々に憧れていたんだよ」

「ご自宅でもそれは可能だったのでは？」

病状の話を引き延ばしたいと彩は思ったのだった。

「この三十年、さんざ人と係わってきたもんでね。身内もふくめ、現実の軋轢《あつれき》から脱出したかった。妬《ねた》みや嫉《そね》みとか、遜《へりくだ》って頭を下げざるをえないとかね、そんな煩わしさが面倒になった」

「人間嫌いになられたのですか？」

「一種の出家《しゅつけ》みたいなものかな」

「出家ですか？」

「長年連れ添ったかみさんが認知症になった。介護してやるのが亭主の役目でしょう。僕はそれを長男夫婦にまかせた身勝手な男なんだよねえ」

「身勝手ですか……」

「そう。逃亡した。認知症は治らないからね。つまり、人間にはそれぞれに定められた寿命というものがあると思ってますよ。老人には痴呆《ちほう》もがんも珍しくはない。実際、僕もがんを患っている。問題は、寿命をどう受け止めるかなんだ」

「でも、寿命って、自分で決められない……」

「そうだよ。交通事故だってそうじゃないか、運が悪いでは片付かないと思うね。それでさ、寿命にも、準備できないものと準備可能なものがあるんじゃない……だから、僕は自分の余命を知りたい」

患っている人間の話を聞いてあげること、それこそがホームヘルパーしかできない癒しなのだと彩は思っている。

「それなら大丈夫ですよ。友野さんの余命について杉下医師は明言されてはいません」

彩は眼をそらさないで言った。

「脳に転移すれば時間の問題じゃないの。だから、モルヒネなんか処方した……」

「モルヒネは痛み止めじゃないですか。痛くなければ、飲まなくてもいいわけでしょう」

「彩さんって、賢いね」雄吉はうれしそうに言った。「君と話していると、病状妄想《もうそう》が消えるからふしぎだ」

「そう言っていただけると、とてもうれしいです。でも、先生がそうおっしゃったんですよ」彩は微笑んだ。「そろそろ時間ですが、お昼ご飯をつくっておきましょうか」

「スパゲティをつくってもらえるとありがたいのだけど」

「好物なのですか」

「いや、いつもは蕎麦《そば》を茹《ゆ》でるだけでね。毎日、蕎麦では飽きるからね」

「ナポリタンはお好きですか」

「いいね」

「冷蔵庫にあるものでつくらせていただいて、いいですか」

「頼みます」

彩は食品棚からパスタを取り出し、鍋にたっぷり水を満たして沸騰させ、塩をぱらぱらと入れた。冷蔵庫の野菜室にはナスとピーマンがあった。玉葱はない。チルド室にハムはなく、ウインナーソーセージを細切りにした。フライパンに油をひいてソーセージとナスを炒め、塩コショウで味付けしてからピーマンを加え、茹でたパスタを湯切りして入れた。頃合いをみて、ケチャップに中濃ソースを加えて全体を絡めるように炒めた。室内にケチャップの食欲をそそる匂いがする。

「いま召し上がります？　それともラップしておきますか？」

「ずいぶんと手際がいいね」雄吉は感心した。「一緒に食べようか」

「ありがとうございます。でも、次の仕事がありますので、すみませんが失礼します」

「じゃあ、僕もあとにしよう」

彩はナポリタンをラップで包んだ。

「レンジで温めて食べてください」

「ありがとう」

玄関先で辞去する彩を雄吉は放心したように見送る。

「明日は夕方参ります。それでは……」

彩の笑顔に雄吉の顔はほころんだ。

予期せぬ肺がん宣告を受け、世の中の景色が一変した。好き勝手をして生きてきた半生に終末の影が忍び込んできた。万全の準備をして八十までの老後に備えたつもりであったが、もっとも恐れていた肺がんに罹《かか》るとは。それも末期がん……。

結城彩がつくったナポリタンをレンジで温め、リビングのテーブルで食べながら、こんな普通の料理にも雄吉は感激した。女の手料理には人柄がでる。このナポリタンは自分に食べさせるためにつくってくれたのだ。それが何よりも美味しい。

それにしても想像以上のホームヘルパーが来たものである。これが女との最後の出会いになるかもしれない。独りでいると、発狂しそうな自分に神が使いを寄越したのか。愛読書である『三国志』を再読することもないだろう。これからの人生に教訓や解釈などもう必要ない。四十近い歳の差は関係ない。女を想って生きることが男にとっては幸せなのだ。

これから毎日結城彩に会える。雄吉に希望が湧いてきた。介護代さえ払えば彩を独占できるのだった。携帯電話で長男の由紀夫《ゆきお》を呼び出した。

「心配してるんですよ。一人でいつまでマンションに立てこもるつもりなんですか」

由紀夫の苛立《いらだ》った声がした。

「お母さんは元気か」

「母さんよりも、お父さんをみんなで心配してますよ」

「そうか」

「決まっているじゃないですか」

「会社のほうはどうだ」

「不況で大変ですが、なんとか凌《しの》いでいますよ」

「こういう苦労はためになる。頑張ってくれ。別に用事はないが、元気だと言いたかっただけだ」

「元気なわけないでしょ。病院に入院してください。お願いしますよ」

長男の懇願がそばにいるように伝わる。

「おまえが病状を隠すから、ヘルパーに来てもらってだな、娘と偽って今日、杉下医師を問い詰めた。年を越せるかどうかわからないというじゃないか」

「そんなバカな！　なんでヘルパーがそんな余計なことをするんですか」

長男の激した声がした。

「やっと白状したか」

「お父さんの性格を知っていますから、黙っていただけですよ」

　雄吉は沈黙した。

「……それじゃ、入院してもらえるのですね」

「わかった。考えておく」

　携帯電話を切った。


　午後にもうひとつの訪問介護を終えた彩は、横浜西口のウエルネス本社に寄った。

　前々から考えていたことだったが、専業でこの仕事を続けても生計が立たず、また将来に展望がもてなかった。一生懸命働いても給与は十五万円程度である。家賃と光熱費などを払うと半分しか残らない。もう限界だった。

　慰謝料もなく別れたことが悔やまれた。失職した夫に同情したわけではなかったが、お金で揉《も》めるのが苦痛だったのだ。夫とは大学で知り合い彩の卒業と同時に結婚したが、外資系の証券会社に勤めた夫の給与は高く、彩は勤めることもなく専業主婦になった。

　しかし、実務に乏しいことに何とはなく危機感を感じて、ひたすら資格試験に挑戦した。最初はＰＣ検定３級。それから一年後に簿記２級。その翌年に色彩検定２級。

「何のためにそんな資格ばかり、取るのかねえ」同居していた義母は溜息をつき皮肉を吐いたものだ。「料理教室のほうがいいのにねえ」

「料理はお母さまに教えてもらえますから……」

「私の料理は自己流だからダメですよ。レシピとかないものね」

彩は料理本を買ってレシピを覚えた。料理教室に行かなかったのは、料理が得意だった義母の感情を逆撫《さかな》でしたくなかったからである。最後に取得したのがヘルパー2級……。

そして夫から離婚を仄《ほの》めかされる。十年以上続いた結婚生活の崩壊《ほうかい》である。子どもが生まれなかったこともあったが、性格の不一致をねちねちと言われ、何を今さらと腹が立った。証券会社を解雇《かいこ》されて落ち込んでいたマザコン息子に義母は甘かった。再就職をためらうような夫に未練はなかった。

彩はいろんなバイトをして大学を卒業した。入試を目前にして父親が自殺した。不況で事業の借金に悩んでいたのが表向きの理由だったが、真相は定かではない。その後、母親はスーパーのレジ係で働くようになり、彩が結婚して間もなく心臓発作で亡くなった。

そんな彩の家系と生い立ちに義母は同情して可愛がってくれた。だがそれは彩というおもちゃを息子に与えた満足でそうしてくれたのかもしれなかった。その証拠に離婚の話になったとき、「私じゃなくて、卓《すぐる》の結論なのよ」と言って逃げた。卓は夫の名前である。

離婚はしたが、彩に就職先はなく、実務経験がないことが影響した。それでも真剣に職探しをすればどこかに雇用されたかもしれなかったが、会社組織の面倒な人間関係が疎ましくて、彩は真剣に職探しをしなかった。それで、求人の多い介護会社の登録ヘルパーという職に安易についたのだった。

寡黙な彩に介護の仕事は向いてはいたが、いかにも賃金が安過ぎた。最初から言われていたことだが、介護はバイト代にしかならない。専業で食べていくには殺人的スケジュールをこなさなければならない。それには体力と気力が必要であった。介護従事者の不足は慢性化している。いっぽう介護を要する利用者は増加の一途をたどるばかりだった。

認知症老人をはじめ、障害者に心臓疾患患者など数多くの男女の介護をした。家族の負担の軽減に、食事をつくって食べさせる。掃除をする。散歩に付き添う。そういう生活介護に入浴介助などの身体介護。よくも一年近く続いたものだと自分でも感心する。あと四年介護の実務経験を積みケアマネジャーになることを専務の沢村には奨められているが、続けること自体がもう限界だった。

横浜駅西口にあるウエルネス本社のワンフロアではコールセンターのように電話が鳴り響き、スタッフはその応対に追われていた。

「お疲れさまです」

彩が声をかけて部屋に入ると、専務の沢村が待ちかまえていたように足早にそばに来て、

「ご苦労さま」とねぎらい、打合室に誘導した。

「友野さんの容態はどうだった？」

娘になりすまし、主治医から余命を聞いてほしいと雄吉に頼まれたが、個人のプライバシーに触れることなので彩は会社側にそのことを相談したのだった。利用者の願望なのだからプライバシーを侵したことにはならないというのが沢村の返答であった。

「あと三ヶ月ぐらいみたいです」

小さな唇から洩《も》れた。

「そう」沢村は驚いたようにつぶやき、「そんな風には見えなかったけどね……」と言って彩を見つめた。

「専務にお願いしたいことがあるのです」

彩は背筋を伸ばし、改まった顔付きをした。

「何かな？」

「唐突で申し訳ないのですが、友野さんの介護で終わりにしてもらいたいのです」

「うちを辞めるってことですか」

身を乗り出し沢村は驚いた顔をした。

「切りもいいし、今後は友野さん以外のスケジュールはお断りしたいのですが」

予期せぬ話に沢村は腕を組み黙った。

そのときドアがノックされ、社長の諸井薫が作り笑いを浮かべて入ってきた。

「なんか深刻そうな顔して、何の話？」

「うん」沢村は眉を顰《ひそ》めた。「友野さんの介護で、うちを終わりにしたいと今聞いたばかりでね」

「何か嫌なことでもあったの？」

薫は椅子《いす》に腰掛け、目を見開き、彩に問いかけた。

「言いにくいことですが、生活に困っています。ただ、それだけです」

「そう」薫は笑った。「彩さんみたいな人が、ずっと続ける仕事じゃなかったってことよね」

「そんな」彩は首をふった。「仕事が嫌で言ってるのではありません」

「そうよね。ほかにも資格たくさん持ってるしね……なにも介護に執着することないわね」

「介護じゃ、生活ができないと言ってるんだよ」

彩を弁護するように沢村が薫に言う。

「専務がむきになる話じゃないでしょうが」薫はくすっと笑った。「相談に乗ってあげたら」

「もうひとつ、あるんだ」

「何よ」

「当面、友野さんの介護だけにしてほしいということだ」

「そんなこと、専務が決めればいいじゃない。自費介護にすれば。相手はお金持ってるんでしょ。ずっと付き添うことだってできるわね。まかせるわ」

そう言うと薫は背を向け部屋から出た。

「社長も了解したことだし、今後の介護は友野さんだけでいいよ」

沢村は告げた。

「ご無理を申し上げ、ご迷惑をおかけします」

彩は頭を下げた。

3

小雨がぱらついていた。みなとみらいヒルズには三日連続で来たことになる。風格があり設備とセキュリティーも申し分がなく、このマンションに来ることが彩の楽しみになっていた。夕方五時、もう辺りは薄暗い。折り畳み傘の雫《しずく》をぬぐってケースに納め、エントランスで部屋番号を入力する。

「待っていたよ」

インターホンから雄吉の張りのある声がした。エントランスの自動ドアが開き、中に入ると昨日とは違う女性コンシェルジェがにこやかな挨拶《あいさつ》をした。シフト制で、曜日や時間帯でメンバーが代わるのだろうと彩は思った。エレベータで十五階に行き、雄吉の部屋のドアホンを鳴らすとドアが開き、戸口に雄吉がうれしそうな顔をして立っていた。

「お邪魔します」

短いブーツを脱ぎ、コートを手に取って白いスリッパを履いた。深紅のセーターが長身の彩に似合っていた。それと体の線が浮き出ている。

雄吉は廊下で彩をしげしげと見つめ、リビングに行くと、コートは掛けておいたほうがいいと言い、用意していたハンガーに雄吉はコートを吊るした。

「すみません」彩は礼をのべ、「先にお米をといで、部屋の掃除をしてから、夕食の支度をしてもいいですか」と訊いた。雄吉がうなずいたので、炊飯器にお米をセットして、掃除機をお借りしますと言うと、隣室から彼は掃除機を持ってきてコードをコンセントに挿《さ》した。

彩は雄吉が見逃している隅や隙間、ソファの下、冷蔵庫と壁の隙間などをノズルを使って塵と埃《ほこり》を吸い取った。ダイニングキッチンの掃除を終えた彩が、残りの部屋もやりましょうと言うと、雄吉は神妙な顔をし、黙ってうなずいた。書斎《しょさい》の本棚には『世界文学全集』と『三国志』全巻、それと『太閤記』全巻がきれいに並べられている。その書斎から始めた。

たしかにフローリングは掃除されていたが、隅には塵が目立つ。やはり男はそこまでは目が届かないようだ。この次は、桟《さん》や窓ガラスの汚れを丁寧に拭き取らなければならない。それにレースのカーテンもニコチンが染みて黄色くなっている。肺がんが見つかるまではヘビースモーカーだったのではないか。

寝室は清潔な羽根布団がかかったダブルベッドが部屋の半分を占領している。ベッドの下には埃が溜まっているような気がしたが、今日はノズルをあてるだけで済ませた。トイレは最後にした。便器も仔細《しさい》に見ると目に見えないところが汚れている。とりあえず洗浄スプレーで洗うだけにした。雄吉は目立つところだけを清掃して清潔にしていると思っているのだろう。彩はそのことには触れなかった。洗面所と風呂場は後日にし、夕食の準備を急がねばならない。

「わるいねえ」雄吉は苦笑いし、「さすが、手際がいい」と感心している。

料金をいただいて清掃するのは当然のことなのだが、彼にはその感覚がないのかもしれなかった。マンションは保温性がいいのか暑かった。セーターを脱いだ彩は、長袖のTシャツ姿になった。身体の線がくっきりと見えた。

雄吉はソファに座り、目のやり場に困ったのか下を向いた。

「少し、休んだほうがいい」

「ありがとうございます」彩はキッチンに立っていた。「夕飯は何をつくりましょうか」

「夜はあまり食べないから、有り合わせでいいけど……」

「カレイの煮付け、好きですか」

「魚はいいね」

ソファにじっと座って返事をしたが、来たときから彩に何かを言いたそうな顔をしている。

「スーパーになめたガレイがあったので、買ってきたのですが、召し上がりますか」

「なめたガレイは高級魚だねえ」

「美味しそうでした。煮付けでよろしいですか」

「すまない」

雄吉の顔がほころんだ。

炊飯器のスイッチを入れ、買ってきた生姜《しょうが》を薄切りにし、だし汁に酒とみりんと醤油《しょうゆ》、砂糖を入れて鍋で煮立て、黒い皮側に十字の切れ目を入れたカレイを入れる。冷蔵庫にほうれん草があったので茹でておひたしをつくった。その間カレイの煮汁のあくをとり、落とし蓋をして十分ほど煮る。しめじがあったので味噌汁《みそしる》にした。三十分ぐらいで夕飯が用意できた。

あつあつのご飯を茶碗に軽めに入れて丸いテーブルに置く。

「美味しそうだ」雄吉はうれしそうな顔をした。「彩さんも、食べないかね。このカレイ大きいから半分にしよう」

生活介護で利用者と食事をすることなどありえなかった。

「お食事が終わったら、おいとましますから、私のことは気になさらないでください」

雄吉の気分を害さないように彩は言ったつもりだった。

「独りで食べるのは切ないねえ」

雄吉は彩の目を盗むようにつぶやいた。

「なめたガレイはお口に合いましたか」

「とてもうまいよ。このほうれん草のおひたしもいいね」

「喜んでいただけてうれしいです」

彩は恥ずかしそうに微笑んだ。雄吉は味噌汁を啜り、「このダシは何を入れたの?」と訊いた。

「煮干があったので、使わせていただきました」

「そう。最近は面倒だから、インスタントしか飲まないからねえ。やはりダシをとった味噌汁はいいよ」

雄吉はカレイの切り身を半分残して、あとはきれいに食べてくれた。

「こういうシンプルな料理が最高だ」

満足そうな顔をして言った。

「お茶をお淹れしましょうか」

「助かります。年寄りは煎茶を飲まないと落ち着かなくてねえ」

六時半。五時に来たので一時間半が過ぎた。後片付けをしなくてはいけない。

「カレイはラップして冷蔵庫で保存しておきますか？」

「買ってきてもらって申し訳ないけど、捨ててくれない。朝はパン食だから……」

「味見させていただいてもよろしいですか」

「老人の食べ残しだよ。汚いじゃないか」

雄吉は驚いたような顔をした。

「もったいないから、私が食べます」

「僕はいいけど、若い女性には汚くはないのかね」

「きれいな食べ方なので、裏返せば何ともありませんわ」

そう言うと彩は割り箸で、カレイの裏側の切り身を口に運んだ。

「美味しいです」

雄吉は煎茶を啜りながら、小さな口でカレイを食べる彩をじっと見つめる。食べるのは早かった。

「ご馳走さまでした」

それから食器をキッチンで洗い始めた。そのとき、彩をいとおしいと雄吉は心から思った。

「今晩は、これで失礼させていただきます」

「これから訪問先がまだあるのかな？」

「今日は、友野さん宅で終わりです」

ソファでセーターを着て、帰り支度を始めた。

「話したいことがあるのだけど、自費介護で延長してもらえないだろうか」

「会社を通していただかないと、私個人では了解できないのです。すみません」

彩は頭を下げた。

「あとで請求書を回してもらうというわけにはいきませんか。僕に頼まれたと会社に言えばいいのでは……」

彩は考えていたが、「会社に連絡してみます」と言うと、携帯電話で沢村を呼び出した。

電話に出た沢村に訳を話すと、「時間は」と訊かれ、彩はそのことを雄吉に告げた。

「二時間でいいかな」と雄吉が答え、彩がその旨を伝えると、沢村は了承した。

ソファに座り直した彩は、「利用者とヘルパーが直接遣り取りすることはできないのです。ご理解ください」と弁解した。

「わかった。そのことはもういい。ところで昨日も言ったけど、杉下医師から僕の余命のこと、聞いてくれたよね」

穏やかな口調で訊いてきた。彩はそのことをどう告げるか昨夜考えた。

「がんの進行は人によって様々なので、余命という概念は一般的ではないとおっしゃっていましたよ」

「そう」雄吉は、うなずきながら訊いた。「脳への転移は？」

「細胞検査をしなければ正確には断定はできないとのことでした」

彩は嘘をついたわけではなかった。

「そうか。まだ絶望というわけではないのか」

残りの煎茶を飲み干し、彩をじっと見つめている。

「治療方法を変えてみるという選択肢もあるような気がしますけど……」

彩の提案に雄吉は反応した。

「助かるのであれば、どんな治療も受けるさ。高価な新薬の抗がん剤も効き目なかったしね……だけど、非科学的な似非《えせ》治療にすがる気はないよ」

「最先端の免疫《めんえき》細胞療法ですけど、関心はありませんか」

「希望があればの話だがね……」雄吉は彩の顔を食い入るように見た。「どんな治療方法なの？」

「〝樹状《じゅじょう》細胞療法〟と言われていて、みずからのがん細胞を採取して免疫をつくり、がんを抑止、征圧する、免疫細胞療法の一つだそうです。培養した免疫を注射で体内に入れるので、外科的処置もなく、体力も消耗しないらしいのです」

「なるほど……」雄吉はつぶやき、「その治療はどこで受けられるのかな」と関心をみせ、「大学病院？」と訊いた。

「新横浜にその専門のクリニックがあるらしいのです」

「詳しいね」

「いえ、インターネットの受け売りですから、はっきりしたことはわかりません」

「わざわざ調べてくれたの、ありがとう。でも、受診してみる価値はありそうだね。それに近くていい」

「たしか保険はきかなくて、高額な医療費がかかるみたいですよ」

「一縷《いちる》の希望があればお金は関係ない」うなずいて雄吉は言った。「月曜日にそこへ行こう。同行してくれる？」

決断が早いのは、一刻を争う病状に雄吉は焦燥《しょうそう》していたからだ。

しばらくの沈黙があった。

「とらやの羊羹《ようかん》があるけど、食べないかい」

「ありがとうございます」彩は雄吉に優しさを感じた。「お切りしましょうか」

羊羹は煉《ね》りが滑らかで甘さもひかえめであり、疲れた体が癒された。

「美味しい羊羹ですね」

煎茶を飲みながら彩は心が安らいでいた。

「彩さんに訊いておきたいことがあるのだけど、いいかな」神妙な顔をして雄吉が語りかけてきた。「ええ」とうなずく彩に、「失礼なことを訊いて申し訳ないのだけど、ヘルパーで生活するのは大変でしょう」

「ええ……そうですね」

「僕の専属ヘルパーになってはもらえないだろうか。どうかな」

「友野さんにそう言っていただいてうれしいです。実は、会社のほうにもそうしてもらうように言いました。ヘルパーのお仕事では食べられないので、友野さんのお世話をさせていただいて最後にしようと考えています」

「そう」雄吉の声が弾んだ。「これから毎日僕の介護をしてくれるということだね？」

「そのつもりです」

「人生の最後に君のような女性に介護してもらえるなんて、僕は運がいい」

「そんな、私を買《か》い被《かぶ》り過ぎですわ。つまらない女だと、よく言われます」

「そんなこと、誰が言うの？」

「子どものころから、言われていました」

「それは女のよさを知らない男が言う台詞《せりふ》だよ」

怒ったように雄吉が言う。

「同性にも言われます」

「同性は君に嫉妬《しっと》しているんだよ。そして男は君の芯《しん》の強さに手を焼く。だから、年輪を重ねた男にしか君のよさは理解できない」

病状を忘れ興奮して雄吉は言った。

「友野さんは、どうして私をそんなに贔屓目《ひいきめ》に見てくださるのですか」

彩は解せないまなざしを向けた。

「失礼かもしれないが、ヘルパーで人生を終えるようには見えないよ。介護会社の経営者なら納得できるけどね」

「友野さんは職業で人を判断されるのですか」

「それは違う。君が使用人タイプじゃないということを僕は言いたかっただけだ」

「でも、なんのキャリアも取柄もありませんから……」

「提案してくれたよね。こうしたらいいじゃないかって……免疫細胞療法が好例だ。普通のヘルパーはそんなことは言わない」

「なんとか治る方法はないものかと考えたのです」

「それこそ経営者的発想だな。わずかでも可能性があれば、経営者は諦《あきら》めない。そんな習性が染み付いているんだ」

「可能性があるなら試してみる価値があると、私は思っただけです」

「そんなことは使用人には言えないものだよ」

そう言うと雄吉は咳き込んだ。そして空咳を続けざまにした。

「大丈夫ですか。お疲れになっているのでは……」彩は雄吉のそばに寄り、背中をさすった。

「痛むんじゃありませんか」

「大丈夫だ。我慢できなくなったらモルヒネを飲むよ。今日は少し疲れた」

「今晩はゆっくりお休みになってください。入浴は控えられたほうがいいと思います」

「わかった。そうしよう」

顔色が青ざめ、額に冷や汗が浮かんでいる。彩は心配だった。

雄吉は黙ってソファにうずくまっている。

「病院にお連れしましょうか」

「大丈夫……しばらく、このままで辛抱する」

雄吉はソファに横になった。先ほどまでの元気が嘘のようだった。通常の薬を飲んで眠くなったのか、あるいは自律神経に変調をきたしているのかもしれないとも思った。まだ七時半である。雄吉を一人にして帰るのは忍びなかった。病人の夜は孤独で長い。眠れないと不安が増す。こういう症状が出るともう一人で暮らすのは無理ではないか。彩はそばで黙って雄吉を見守っていた。しばらくすると雄吉の鼾《いびき》が聞こえてきた。寝室の毛布を運んでかけた。

口では気丈夫なことを言っているが、死の恐怖に苛《さいな》まれているはずである。病院に入院しても治るわけではないから独りで耐えているのであろうが、寝顔は誤魔化せない。深く刻まれた額の皺、鋭角に研ぎ澄まされた浅黒い顔に侘《わび》しさが滲《にじ》み出ている。気持ちよく寝ている顔ではない。苦悶に疲れ果てた形相である。

一時間が過ぎた。夢でも見ていたのか、急に起き上がり、辺りを見て、「ここは、どこだ！」と叫んだ。

「大丈夫ですよ。友野さんのマンションですよ」

雄吉の手を握りしめて彩は言った。

「そうか」はーはーと息を吐き、「得体の知れないものに追いかけられた」と訴える。

「夢ですよ。夢が怖かったのでしょ」

「逃げようとしたが、足が動かなくて目が覚めた」

それは健常者でもよく見る夢の光景である。

「汗を拭きましょうか」

額にびっしょりと汗が浮き出ている。彩は洗面所からタオルを持ってきて雄吉の顔を拭いてやった。

「パジャマに着替えませんか。しまってある場所を教えてください」

「すまない」雄吉は謝り、「失礼して、着替えてくる」と平静を取り戻して言った。

「今晩は、これで失礼してもよろしいですか」

雄吉のパジャマ姿を確認して訊いた。

「急に独りでいるのが怖くなってきた」

下を向きもぞもぞしている。

「ご家族のところにお帰りになったほうがいいのではありませんか」

彩は親切心で言ったつもりだった。

「嫌だ」雄吉は反撥した。「君に会わなかったら、そうしたかもしれないが、それに免疫細胞療法を受ける決心をしたから……」駄々っ子のように言った。

「できるだけのお世話はします」

そう答えるのが精一杯だった。

「明日も来てくれるね」

雄吉の目が哀願した。明日は日曜日である。彩は休みたかった。

「これは僕の気持ちです」

パジャマのポケットから封筒《ふうとう》を取り出し、彩の手に押しつけた。

「こんなことをされては困ります」

中身がお金であることは想像がついた。

「タクシー代だよ。今日はありがとう、楽しかった」

断ると雄吉のプライドを傷つけるような気がしたので彩は受け取った。

「では、明日も参ります。お大事に」

玄関先で彩は雄吉が子どものように甘ったれた顔になっているのを見逃さなかった。

4

雄吉にとっては曜日など関係ないのだが、新聞を読み、テレビをつけると確かに今日は日曜日である。七十歳を境に誰にも煩わされることのない日々の自由を手に入れることができた。公私ともにお金の心配もいらない。しかし、世間と没交渉の生活は肉体と精神に緊張感欠如という思いもしなかったストレスをもたらしたのかもしれない。他人との軋轢、会社でのぼやき、家族とのしがらみ、そして妻以外の何人もの女たち。そういった日常生活が精神の活性化に繋がっていたとも言える。たまに立ち寄る何十年も通っている馴染みのクラブでたわいない会話と好きでもないアルコールを飲むことに存外リラックス効果があったのかもしれないのだ。

『三国志』は何度読み返しても楽しかったが、いつでも読めると思うと楽しみが薄らいだ。一番の問題は喫煙と運動不足だ。会社に通っているときは、オフィスは禁煙だし、やむなく歩行もする。それがマンションだと、気兼ねなく煙草をふかして本を読み、コーヒーを何杯も飲むことになる。他人との会話もない。これこそ自由な独房生活だが、刑務所よりもたちが悪い。つまり規則正しさが失われた。そんな生活を二年続けたから肺がんになったのかもしれない。つまり抵抗力が徐々に低下していったのではないか。

現役のときは男も女も雄吉をもちあげたものだが、引退するとそれもない。いつしかオーラも消えた。スーツも必要がない。そういう生活を望んだわけだからそれはかまわなかったが、社会性をなくした老人が見知らぬマンションで独り暮らしを始めたものだから、孤立は深まるばかりであった。家族関係を拒否したから、孤立も覚悟していたことだ。病気にさえならなければ、悪い生活ではなかったのである。

がんになったことを後悔しても埒《らち》があかない。後悔どころか、死が間近に迫っているかもしれないのだ。時間が経過することが怖かった。一秒一分一時間が早かった。

何時に来るとは言ってなかったが、結城彩は一時半にマンションの玄関でパンプスを脱いだ。青いセーターに黒っぽいジーンズを穿《は》いている。身体の線がいつもより一層強調されている。さらに脚が長く見え、贅肉《ぜいにく》のない理想的な体型である。雄吉は自分が男であることを意識した。

「昨夜は大丈夫でしたか。あのあとよく眠れましたか」

ソファに座った彩から香水の匂いがした。今まで嗅がなかった匂いである。

「ああ」雄吉は短い返事をした。眠れたとも眠れなかったともいえる睡眠だった。彩が夢に現れ、彩を抱きしめようとしたが逃げられ、そのようなことが繰り返される夢で、それはサイレント映画のような無言の追走劇だった。どういう経緯でそうなったのかは思い出せなかった。

「お昼はちゃんと召し上がりましたか」

にっこりと微笑んで彩は言った。今日の彩は化粧の乗りがよかった。

「蕎麦を茹でて食べた」

雄吉の返事は素直だった。

「昨夜はすみませんでした。過分な謝礼をいただき申し訳ありません」彩は頭を下げて言った。「今日は部屋の隅々まで丁寧に掃除させてください。かまいませんか」

雄吉はタクシー代といって彩に五万円をくれたのだ。

彩が最初に取りかかったのは窓にかかっている黄色くなったレースのカーテンの洗濯だった。リビングと書斎、それに寝室の三箇所である。スツールを踏み台にして、カーテンのフックをはずしていく。部屋中に秋のさわやかな空気が満ちて気持ちがよかった。液体洗剤を入れて全自動洗濯機のスイッチを押す。

「乾燥はお風呂場ですか」

彩の後ろについてまわる雄吉に訊く。

「大物はそうしているけど、レースのカーテンなら脱水すれば乾いているよ」

「この次は、厚地のカーテンも洗濯しましょう」

そう言うと、掃除機を手に取り、三十坪の部屋中をくまなく掃除した。それから寝室のベッドの移動を始める。

「手伝おうか」

雄吉は彩のそばでうろうろしながら言う。

「大丈夫です。これでも力あるんですよ」

今までと違う赤い口紅を塗った小さな唇が答える。ベッドの下は埃が積もっている。その床にへばりついた埃を掃除機のノズルで吸い取っていく。

「埃を吸うと、肺によくないですからね」

「うん」

鮮やかな彩の手つきに雄吉は感心するばかりであった。こんどは雑巾で床を丁寧に拭い始める。ベッドを元に戻して彩は言った。

「シーツと布団カバーも洗濯しましょう。気持ちよく眠れますよ」

雄吉は啞然とするばかりであった。早くて手際がいい。

「少し、休んだらどうかね」

見ている雄吉のほうが疲れてきた。

「掃除、洗濯は一気にやらないと……腰を下ろすとダメなんです」

雄吉に言葉はなかった。

「友野さんは、ソファでテレビでもご覧になっててください。読書でもいいですよ。まだ時間かかりますから」

「うん」

それは子どもが母親に諭されてうなずく返事に似ていた。

雄吉は六畳の書斎で椅子に座り文庫を二、三ページめくったが、彩が気になり集中しない。

書斎を出ると、彩がフローリングにワックスをかけ磨いているところであった。ワックス液を持参してきたようだった。入居して二年、雄吉はまだ一度もワックスがけをしたことはない。雑巾で拭いてはいたが、いたるところにシミがこびりついていたに違いない。

脱水を終え、白くなったレースのカーテンが元の位置にかけられていく。寝室に行くと、シーツと布団カバーが剝《は》がされ、洗濯機の中で躍動している。その間にも彩は窓の桟や見えない細かい箇所に雑巾をあてている。

「窓ガラスも拭きましょう」

「ああ」

今まで気にならなかった部屋の垢《あか》がこすられていく。それは二年間溜めていた際限ない汚れである。この勢いだと、二時間もすれば部屋中が甦《よみがえ》るような気がしてきた。

「ベランダもブラシできれいにしましょう」

ベランダに洗濯物は干せない決まりになっていたから、雄吉がベランダに出ることはほとんどなかった。

「海の色がきれい」

横浜港を眺めながら彩は溜息をついた。埃をかぶったデッキブラシをバケツの水で洗い、ごしごしと樹脂《じゅし》タイルを清掃していく。力がいる作業である。彩の額から汗がひかる。ベランダ側の窓ガラスも曇りがとれ透明になっていく。

風呂場に干されたシーツと布団カバーに乾燥装置のスイッチが入り、二時間超の作業を終えた彩に、雄吉は冷蔵庫のミネラルウォーターのミニボトルを差し出した。

「ご苦労さま」

「きれいなマンションの掃除は気持ちがいいですね」

彩は屈託のない微笑みを浮かべて言った。

「そうかなあ」

彩の清々《すがすが》しそうな顔を見つめ雄吉は照れた。

「夕食の準備をしておきましょうか」

四時だった。

「今日はどういう契約になっているの？」

心配を口にした。

「今日は本社は休みなんですよ。友野さん宅への今日の訪問は会社には連絡してないので、私が勝手に来たことにしてください」

「それはよくない。自費介護で請求してください」

「とんでもないです。昨日のお礼です。助かりました」

ミネラルウォーターを美味しそうに飲んで言った。

「来週からの介護日程なんだけど、どうすればいいの？」

「会社におっしゃっていただければ、何時でも結構ですよ」

「そう。でも、毎日掃除するわけでもないし、病院の付き添いは別として、あとは夕食をつくってもらうぐらいしかないね」

元気な者が言うようなくちぶりに彩は途惑う。これから終末期をむかえ、最後は病院で亡くなることになる。今は小康状態なのだと彩は思っている。

「友野さんを優先して介護させてもらいます。そのことは会社も了解しています」

「じゃあ、一日中居てもらってもかまわないの？」

「変な言い方ですけど、それだとこのマンションに出勤するということになりますね」

彩は微笑みを浮かべて言った。

「他の利用者の介護はどうするの？」

「この前お話ししましたが、友野さん以外の方はすべて終わりました」

「じゃあ、いまは僕だけか」

「それで、介護の仕事を辞めようと思っています。将来のことも考えないといけませんし……」

「専業でヘルパーをやるのは大変なことだよね。金銭的にも厳しいでしょう」

「そうなんです」

人妻のバイトであれば、介護は意義のある仕事だと雄吉は思ったが、独身の専業ホームヘルパーでは先行きが何かと不安になるのもうなずけた。

「僕も死ぬ前に、ひとつぐらい感謝されることをしたいと思っていてね。とは言っても、物質的な援助しかできないけどね」

暗に雄吉は金銭をほのめかしたのだった。

「私も、こんな高層マンションに一度でもいいから住んでみたいです。外の景色を見ながら掃除するのは楽しいですもの」

彩はまぶしい笑顔を見せた。

雄吉は言葉を飲み込んだが、そんな彩をいじらしく思った。

そのとき彩の携帯にメールを知らせるメロディーが鳴った。彩はバッグから携帯を取り出し確認した。

「すみません。急用ができました。今日はこれで失礼させてください」

彩の慌てた様子に、雄吉は誰からのメールか訊きたそうな顔をしたが、「そう」とつぶやき、寂しそうな顔をした。

それでも玄関先で彩を見送るときには、「ご苦労さま」と作り笑いを浮かべた。

メールは専務の沢村からだった。〈用あり。桜木町駅前、車で待っている〉

マンションを出た彩は急ぎ足でランドマークタワーに向かいながら、食事の誘いではないかと推測した。美術館の石畳を歩いてランドマークプラザに入り、動く歩道に乗って桜木町駅に通じるエレベータを降りる。ロータリーの脇に沢村が乗っている3ナンバーの白いＢＭＷが停車していた。

彩が車に近づくと、黒いジャケットにサングラスをかけた沢村が窓を開け助手席を合図した。

「日曜日にどうされたのですか」

すぐ発進した車の前方を見ながら彩は訊いた。

「食事でもしながら話をしよう」

会社のときの沢村とは違い、彩の意向は聞かなかった。車は日本大通りを抜け、山下公園の先の本牧《ほんもく》に向かった。

「社長はお出かけですか?」

沢村とは何度か食事をしたことがある。だが、それはいつも平日の夜で、沢村が休日に彩を誘うことはなかった。沢村は休日は薫と一緒にいたからである。

「社長はインドネシアに介護事情の視察に行ったよ。商工会議所主催の旅行でね」

「外国人の女性介護士を雇用されるとか?」

「そういう話もある」

関心がなさそうに沢村明人は答えた。陽が暮れてきて辺りが薄暗くなった。車は本牧二丁目の古びた木造二階建ての洋風建築の脇にある駐車場に停車した。緑色のペンキを塗った分厚い木のドアがその店の入口になっていた。

「ここはどういうお店ですか?」

彩は首をかしげた。

「チャブ屋と呼ばれていた店でね」

「チャブ屋?」

「語源は、英語のチョップ・ハウス。つまり簡易食堂らしいね。それが変容して、外国人船員相手の私娼窟《ししょうくつ》になったそうだ」

「娼婦がいるところ?」

「むかしね。いまはバーなのかレストランなのか、よくわからない」

表は静かだったがドアを開けるとミラーボールが回っていて、ピアノがありジャズが流れ、黒光りする木の床で数名のカップルがダンスをしている。

「こんなところにダンスホールがあるんだ」

表の静けさからは想像もできない派手さと何ともいえないレトロな光景に彩はびっくりした。欧風に染まっていた頃の日本にタイムスリップしたような感じだった。

「ここも、もう終わりでね。来月には閉店するそうだから、今日が最後だな」

常連みたいな口調で沢村は答え、バーカウンターのスツールに腰掛けるとビールを注文した。曲がブルースに変わる。

「踊る？」

沢村が彩の手を取る。

「ブルースってのは、黒人霊歌《ニグロ・スピリチュアル》からきた、深みのある曲なんだけど、なんか切ない気分になるね」

「そうですね。暗いけど明るい感じもして、なんか奥深いムードのあるメロディーですね」

意外なところに連れて来られた彩だったが、悪い気分ではなかった。彩は沢村と踊った。

黒人と日本女性のカップルが身体をぴったりくっつけて踊っている。最近では街中でも見かける光景である。ほかにも何組かのカップルがいたが、男は中年過ぎの紳士が多く、連れの女の年代には幅があった。

「二階に行こう」

三十分ぐらい経っただろうか、ビールを飲み干して沢村は言った。

「二階は何ですか？」

ビールで顔が赤くなった彩が訊く。

「オムライスを食わしてくれる」

「オムライス？」

くすっと笑い、手で口をふさいだ。

「オムライスの発祥の地は、じつはこのチャブ屋でね」

「そうなんだ」

「つまり、チキンライスとオムレツをあわせてみたらと、どこかの船員さんが言ったのでつくってみた。そんな逸話があるけどね……」

沢村は横浜の出身だと言っていたが、この辺りなのかもしれないと彩は思った。

二階の個室は洋室で、ベッドとカーテンのかかった窓の下に褐色の丸いテーブルが置いてある。下は赤いカーペットだ。

「これがチャブ台。チャブ屋で使っていたテーブル名だけが現在に残った」

「語源って、おもしろいわね」彩は厚手のカーテンを引き、感激したのか大きな声を出した。

「上下に開閉する窓なんだ」

「〝窓を開ければ　港が見える／メリケン波止場の　灯が見える〟という歌ね、本牧のこの辺りが舞台となったようだ」

沢村は、出だしを口ずさんでみせた。

「たしか、『別れのブルース』でしたよね」

「そうだ。淡谷《あわや》のり子のさ、あの投げ遣りで切ない独特のしわがれた声がね、こころにジーンと響いたものだよ」

窓から海は見えなかったが、横浜港に点在する光の欠片《かけら》が見え隠れしている。

中年の仲居がオムライスをトレイで運んできて言った。

「今日はお泊まりですか」

「いえ、帰ります」彩が言うと、

「ご休憩ですね」と仲居は念を押し、部屋から消えた。

オムライスを食べたら帰るつもりだった。沢村とは一度だけだが、体の関係をもったことがある。ホテルで食事をしたあと、飲酒運転になるから部屋で休んで帰ろうと、たわいない言い訳に乗りホテルにチェックインしたのだった。沢村は部屋の中をうろうろしたあと、彩のそばにきて肩を抱きキスをした。彩は予期していたから抵抗はしなかった。沢村に対し特別な感情はなかったが、このことが有利に働くという直感はあった。それも一度だけの関係にした。沢村がいくら求めても彩は関係を避けた。それが沢村の負い目になっていた。

オムライスを頬張りながら過ごすチャブ屋の夜は、それでも、ある異国の港町にいるような情緒に満ちていた。

「社長は私たちの関係に気づいていて、見て見ぬ振りをされているのです」

それこそ彩の計算だった。沢村と彩が打合室に入ると薫は必ず部屋をのぞきに来る。以前はそんなことはなかった。

「そんなことよりも、君の気持ちがわからなくてね、それで、こんな処《ところ》にいるわけですよ」

オムライスを食べ終えた沢村はぼやいた。彩はまだオムライスを半分も食べてはいなかった。こくのあるチキンライスの上にふんわりしたオムレツが乗り、赤いケチャップが線を引いている。

「食べるのが遅くてごめんなさい」

彩は沢村の目をのぞきこんだ。

「ほんと、何考えているかわからない人だよね、君は」

「そうですか」彩は自嘲《じちょう》した。「でも、そろそろ目的を定めて生きなくてはと思っているんです」

「疑うわけじゃないけど、どんな目的を定めたわけ？」

ビールを飲みながら沢村は彩に視線を這《は》わせた。

「私は主体的には生きられない女です。男性を助けることでしか生きられません。私の助けを必要とする男性を見つけなくては……」

「だから、僕の仕事を手伝ってほしいと言ってるじゃない」

沢村は彩が会社を辞めようとしていることに苛ついていた。介護ヘルパーではなく、経営スタッフになることを奨めているのである。

「だけど、薫社長に専務は勝てます？」

唐突な質問だった。

「どういう意味？」

「私が経営スタッフになることを社長に説得できますか」

「だから、あと四年頑張ってケアマネジャーの資格を取り、それからでも遅くはない」

「四年待っても無理です」

「そんなことはない」

「私のことにこだわりすぎると、専務まで危なくなりますよ」

「どういう意味かね」

「社長を裏切ると怖いんじゃないですか」

「社長は僕たちの関係は知らないさ」

「知ってて、黙っておられるだけです」

彩は冷たく微笑んだ。

「互いにそんな素振りなど見せてはないだろう」

「女は互いの目を見るとわかるのです。会社で噂になると社長が傷つくことになるので、黙っておられるのです。専務を追及されないのは女のプライドですよ」

彩はオムライスを食べ終えた。

そのとき沢村は彩の手を摑みベッドに誘った。彩は沢村の手をほどいて言った。

「一年間でしたけど、お世話になりました。専務のおかげでヘルパーのお仕事が続けられたような気がします。しかし、もう限界です。友野さんで最後にしたいのです。こんな惨めな生活はもう嫌なのです」

彩は沢村に訴える。

沢村はベッドに腰掛け、彩はチャブ台の前で正座していた。

「要するに、賃金が安い介護の仕事が嫌になったってことなんだろう」

　ベッドから沢村が問いかける。

「お世話をするのは好きですよ。だけど、生活ができなければ仕方ないじゃありませんか」

「だから、援助してもいいと言ってるじゃないか」

　未練のあまり沢村は金銭を口にする。

「あなたとはそういう関係になりたくないのです。わかってください」

　それは沢村の自尊心をくすぐる言葉だった。彩は帰り支度を始めた。

第二章

1

翌日の月曜日、雄吉は濃紺のスーツを着てマンションで待っていた。さすがにネクタイはしていなかったが、茶のジャケット姿の彩を見て、「すてきだね」と目をほそめた。

「ありがとうございます」

彩は微笑んだ。たとえお世辞でも褒《ほ》められると女はうれしいのである。マンションを出た通りで雄吉はタクシーを停め、新横浜駅を告げた。新横浜にあるクリニックには彩が診察予約を入れていたが、指定された時間は午前十一時であった。

「その紙袋は何？」

タクシーの中で雄吉が訊いた。

「肺と脳のＭＲＩ画像を杉下医師から、今朝お借りしてきました」

それは今日の診察に必要な画像であった。

「手際がいいね」雄吉は感心し、「画像を見て治療方針を決めるわけだ」と念を押した。

「そのように言われています」

タクシーは西神奈川《にしかながわ》を左折し、新横浜に向かっていた。

「ほんとうにありがたいと感謝している。だけど、僕のことをことのほか心配してくれるのはどうしてなのか、失礼を承知で訊いておきたいのだよ」

申し訳なさそうな顔をしてタクシーの後部座席で雄吉は言った。

「苦しんでいる方に少しでも不安をやわらげる手立てはないものかと、ヘルパーはいつも考えているのですよ」

「そうだったのか」雄吉は感心した。

「僕は介護を誤解していたようだ。ビジネス行為はすべて対価のためだと思っていたが、介護の仕事には理屈では割り切れない尊さがある」

自分に言い聞かせるような口調になった。

「大切な命を見守らせていただいているという自覚がなければ、できない仕事だと思います。私なんか、まだそういう心境にはなれませんけど」

「いや、そんなことはない。彩さんは、立派だ」

雄吉は彩の手を握り締めた。彩はその手を雄吉にゆだねた。タクシーが新横浜駅周辺に来たとき、目指すクリニックを彩は運転手に告げた。

そのクリニックは真新しいテナントビルの二階にあった。十時半、受付で雄吉が診察カードを記入し、彩がMRI画像を渡してから二人は清潔でこぎれいな待合室で待った。

「実際、免疫細胞療法でがんが治った事例はどれぐらいあるのかな」

寂しく孤独な独居生活に突如現れた彩は、今の雄吉にとってはまたとない存在であり、唯一の話し相手であり、かけがえのない伴侶ともいえた。

「最先端の治療なので、まだ治癒《ちゆ》した症例については多くはないみたいですけど、治験者が増えれば多くの成功事例が出てくる可能性はあります」

藁《わら》にもすがりたい雄吉は彩のインターネットの受け売りにこくりとうなずくばかりであった。

「友野さん、診察室にお入りください」

女性看護師に呼ばれた雄吉は、「娘も一緒でいいですか」と訊いた。

「どうぞ、ご一緒で結構ですよ」

縁なし眼鏡の似合う院長の山口和夫《やまぐちかずお》が柔和な笑顔で診察室の椅子に座っていた。歳は五十前後であろうか、コンサルタントのような気さくな雰囲気があった。ＭＲＩ画像を見ながら、免疫細胞療法について説明した。

「治療は、血液40ccを採取することから始まります。無菌状態で約二週間かけて培養し活性化したナチュラルキラー細胞、ＮＫ細胞と呼んでいますが、原理を簡単に申し上げますと、がん細胞をいち早く発見して殺傷するのがこのＮＫ細胞なのです。がん患者の方は健常者とくらべてＮＫ活性が低下しており、培養して高活性化したＮＫ細胞を、点滴で体内に戻してあげるというわけです」

雄吉は山口院長の話を黙って聞いていた。

「ＮＫ細胞療法よりも樹状細胞療法のほうが進化した治療方法だとお聞きしています」

彩は訊いた。

「樹状細胞が免疫細胞療法の切り札と言われてはおりますが、その効果がＮＫ細胞より優れているという結果は出ておりません。友野さんの場合はＮＫ細胞療法がよろしいのではないかと判断します」

彩は雄吉を見つめた。

「血液を採ってＮＫ細胞を培養し、それを体内に戻すだけなら体の負担も少なくてすみそうだし、ＮＫ細胞療法でお願いします」

雄吉の決断は早かった。

「それではのちほど採血させてください」患者に確認してから院長は続けた。「本治療は保険外ですので、培養を開始しますと費用がかかります。すみませんが明日午前中までに所定の金額を口座に振り込んでいただけますか」

培養したＮＫ細胞を一週間ごとに一回、計六回投与する治療で、費用は百八十万円近くかかる。

「とにかくお願いします」

雄吉はうなずく。彩がそばにいることが雄吉を前向きにした。抗がん剤治療は後遺症に苦しんだわりには効果に乏しく、放射線治療も効き目があったとは思えなかったのだ。

看護師の採血を終えてクリニックをあとにする。通りに出ると、勤め人が食事処に入っていくランチタイムだった。ＩＴ関連会社が多く集まっている駅周辺には、システム関係の仕事をしているビジネスマンが多く、一人か二人連れで黙々と歩いている。

「何か食べようか」

食欲はあまりなかったが、彩を気遣い雄吉は言った。

「お疲れでなければ、地下鉄で桜木町まで行きませんか。道路が混《こ》んでいるかもしれませんから、タクシーよりも確実ですよ」

市営地下鉄だと十五分で着く。

「そうだね。食事は桜木町でしょう」

電車に乗るのは久しぶりなのか、わずかの間であったが、雄吉は目をつむって休んでいた。

地下鉄桜木町から地上に上がると秋の陽光がまぶしかった。

「何か食べたいものがあれば、遠慮しないでいいよ」

「友野さんにおまかせします」

「蕎麦じゃねえ」雄吉はつぶやき、「そうだ、美味しいうなぎ屋を思い出した。たしか、にぎわい座の近くだったが……」そう言うと歩き出した。

京浜急行日ノ出町《ひのでちょう》駅に向かう野毛大通りを右折した路地の奥にそのうなぎ屋はあった。創業七十年の看板が出ている川魚専門の老舗《しにせ》料理屋である。

「たしか、天然のうなぎを食べさせてくれたなあ」

「天然のうなぎですか」彩は食べたことがなかったので訊いた。「養殖とは味が違うのでしょうか」

「そうだね。養殖より大きくて身が厚い。脂が乗ってるのだが、さっぱりしている」

雄吉がドアを開けると、「いらっしゃいませ」という年配女性店員の声がし、禁煙席に案内される。午後一時前、食べ終えた客が帰るころであった。

気づいたのは先方で、「会長、お久しぶりです」雄吉の席に来て頭を下げた。

「元気そうじゃないか」

雄吉は一瞬気まずそうな顔をした。声をかけてきたのは雄吉が創業した会社の経営企画担当常務の松崎隆《まつざきたかし》であった。血色がよく不況という顔付きはしていない。

「社長も一緒ですよ」

トイレから出てきた長男の由紀夫と顔があった。由紀夫は真向かいに座っている彩をちらっと見て言った。

「元気そうで安心しました。ところでこの方が、この前話していた付き添いのヘルパーさんですか」

「そうだよ」

雄吉に隠すつもりはなかった。

「父をよろしくお願いします」

由紀夫は彩に頭を下げ、もう一度品定めをするように彩を見た。

「いえ、こちらこそ」

彩は恐縮する。

「じゃあ、われわれはお先に失礼します」

由紀夫はそう言って松崎と店を出た。

天然うな重を二つ注文してから雄吉は苦笑いした。

「この辺りをうろついていると誰に会うかわからなくてね」

「友野さんの会社は、この辺りなのですか？」

「そう、近くだね。だから、桜木町駅周辺を歩くことはしない。会社の連中に会うと知らん顔もできないだろう」

お茶をすすりながら面倒臭そうに雄吉は言った。

「こんなところにお誘いしてすみませんでした。友野さんのことを会長とお呼びになっていましたが、まだ現役でいらっしゃるのですか」

「ほかに呼び方がないので、勝手に会長と呼んでいるだけだ。もう取締役でもなんでもない、ただの隠居老人だよ」

「でも、長男の社長さんは、礼儀正しく、貫禄のある長身の紳士で頼もしいかぎりですわ。立派なお父上に育てられて成長されたのですね。素晴らしいです」

「そう言われると照れるよ。でも、社長としては細かすぎてね、それに人望があるとは言いがたい」

子どものことを褒められるのが恥ずかしくて雄吉は謙遜《けんそん》したのかもしれなかった。

「連れの男性は、切れ者という感じの方でしたわ」

「そうだな。常務で松崎というのだが、会社を切り盛りしているのは彼でね、彼の存在は大きいねぇ」

雄吉は満足そうにうなずいた。

うな重がきて、蓋をあけると大きなうなぎが二切れご飯にかぶさっている。

「いただきます」

両手を合わせた彩はうなぎを一切れ口に運ぶ。

「香ばしくて、美味しいです」

思わず口をついた。

「そう」雄吉はうれしそうな顔をした。「それはよかった。君の喜ぶ顔を見ているだけで僕は満足だ」

「私も友野さんのお世話をするのがとてもうれしいです。遣り甲斐があります」

雄吉は食べる前にうなぎの切り身をひとつ彩のお重に入れた。最近は食欲がなく、あっさりしたものしか食べたくない。雄吉はご飯を半分残す。

「ところで、治療代だけど、今日中に振り込みしなくてはいけないね。これからATMが置いてあるところまで行こうか」

雄吉が確認を求めたので彩はうなずいた。店を出て桜木町駅前にあるATMで振り込み手続きを終えた雄吉は、「疲れた」と首をうなだれた。

「マンションに戻って休まれますか」

「そうするよ。彩さんも来てくれるよね」

「わかりました」

外出が体にこたえたようである。マンションまでは歩いて行ける距離だったが、桜木町駅前のロータリーで彩はタクシーを停めた。

「昼寝をする癖がついてしまってね」

マンションに着くと、雄吉はリビングのソファに凭《もた》れて言った。

「今日はお疲れになったでしょう。ベッドで休まれたらどうですか」

雄吉の顔色はすぐれず、咳が出て苦しそうだった。

「大丈夫ですか。お薬飲まれますか」

冷蔵庫からミネラルウォーターを取り出しテーブルに置くと、雄吉はたくさんの薬を飲んだ。それでもまだ咳き込んでいる。背中をさすりながら彩は言った。

「免疫細胞療法が効くといいですね」

「ありがとう。なんか希望がでてきた」彩のやわらかい手を握り締め、「若い女性の手はきれいだなあ」と感心した。

「家事仕事で手荒れがひどいでしょう」彩は手をひっこめず雄吉が触るのにまかせ、「今日はこれからどうしたらよろしいですか」と訊く。

午後二時過ぎだった。秋晴れで外はさわやかだ。

「僕は昼寝をしたいのだけど、付き添ってくれないかな」

「お休みになるのを見守っていればよろしいですか」

雄吉は甘えるような顔を彩に向けた。

「こんなお願いをするのはどうかしている。だけど……」

「何をしてほしいのですか」

彩は優しく訊いた。

「彩さんがもう来なくなるのではないかと思うと言いにくいのだけど……」

ソファでもぞもぞしている雄吉が彩にはいじらしかった。

「大丈夫ですよ。友野さんを見放すようなことはしませんから」

「でも……こんな要求は赦《ゆる》されないよ」

彩の手を強く握った。

「おっしゃってください」

彩は微笑みを浮かべた。

「ベッドで添い寝してもらいたい」

消え入るような声だった。両手で顔を覆っている。

「いいですよ。でも、添い寝だけですよ」

「すまない」

雄吉は頭を下げ、恥ずかしそうな顔をして寝室に行った。

添い寝の話は介護会社でも話題になる。社長の諸井薫は、それも介護じゃないの、と是認している。病人をいろんな意味で助けることこそが介護の本質だと薫は言って憚《はばか》らない経営者であった。

ジャケットを脱ぎ、ベッドの隅に忍び込んだ彩は雄吉に背中を向ける。しばらくすると雄吉の鼾が聞こえてきて、安心したのか彩も不覚にも寝入った。

気がつくと雄吉の手が彩のシャツのボタンをはずしている。体を硬くして耐えていたが、片手が乳房を捉えた。

「イヤっ」

彩は体を捩《よじ》った。

「幸せだ」

背中に抱きついてつぶやく雄吉の体を離して言った。

「そういうつもりで添い寝をしたのではありません」

彩の剣幕にたじろいだのか雄吉はパジャマの襟《えり》をただし、ベッドに手をついた。

「ごめん、どうかしていた。すまない」

頭を二度も下げる。彩はシャツのボタンをゆっくりとかけた。

「添い寝は口実だったのですか」

「つい、手が出てしまった。面目ない」

「体は大丈夫みたいですね」冷ややかに彩は言い、「お元気そうですから、今日はこれで帰ります」そう言うと寝室を出た。

「もう来ないとか、言わないでくれ」

顔を歪《ゆが》めて雄吉は彩のあとを追ってリビングに行く。

「私が添い寝などしたのがいけなかったのです。友野さんの病状と孤独が切なくて、それで……」

「赦してくれ」

ぎこちない笑顔で雄吉は懇願する。

「友野さんに喜ばれる価値が、私にあるってことでしょうか」

彩の言葉には辛辣《しんらつ》な皮肉があった。雄吉はどう答えたものか戸惑うばかりだった。

2

翌日の午後、専務の沢村に友野雄吉から電話があり、結城彩と専属のヘルパー契約を結びたいという相談があった。

「それで、毎日訪問してもらえる自費介護契約をしたいのですよ」

雄吉の声は弱かった。

「結城が了解すれば当社としてはかまいませんよ」

沢村は事務的に応答した。

「それが、連絡が取れなくて困っている。携帯電話番号を教えてもらえないだろうか」

「社員の個人情報を教えることはできません。ご理解ください」

「じゃあ、結城さんに連絡し、僕の携帯に電話をもらいたいと伝えてください。頼みましたよ」

彩と雄吉との間に何かあったのだろうか。予定表では昨日彩は雄吉のマンションを訪問している。雄吉の慌てた様子が気になり、沢村は彩の携帯をコールした。

「結城です」

彩は携帯に出た。

「友野さんに連絡してくれない？　何があったか知らないけど、大切な利用者なんだからねえ、連絡だけは入れるべきだよ」

沢村からの電話に彩は、わかりましたと返答したが、すぐに電話する気はなかった。雄吉の訪問間隔をしばらくあけようと思っていたのである。

夕方になり、沢村から電話があった。

「友野さんがしつこく電話してくるので、風邪《かぜ》ひいて休んでいることにしたけど、電話は必ずしてください」

「気を遣っていただいてすみません」

「他のヘルパーじゃダメだって言うし、特別料金を払ってもいいから、彩さんに来てほしいと頼まれ、さすがに困っていま電話を切ったところでね」

電話口の沢村は雄吉に閉口している素振りは感じられず、むしろ彩と話すことを楽しんでいるようである。

「今晩、食事どうかな」

会社のビルの廊下辺りで携帯電話をかけているのだろう。

「社長は、まだインドネシアですか」

「帰国は明日でね、たまにはしゃぶしゃぶでもどうかと思ってさ」

「しゃぶしゃぶですか」彩は復誦《ふくしょう》して間をおき、「わかりました」と答える。

「ランドマークタワー六十八階の日本料亭で七時」

彩は了解し、出かける準備を始める。丁寧なメークをしてジャケットを取り出す。そのとき、彩からの電話を心待ちにして、じっと携帯電話を眺めている雄吉の姿が目に浮かんだ。彼は寂しくて仕方がないのだ。健康なときでも寂しがり屋な男ががんを患い、襲ってくる恐怖と戦っている。それも目に見えない敵とである。誰でもいいから味方がそばにいてほしいと思う。だが、彩は電話をしなかった。雄吉が自分のことを簡単に考えていることが赦せなかった。彩の好意を安っぽく解釈している。

ランドマークタワーの高速エレベータで六十八階に行くと、和食料亭入口の椅子で濃紺のスーツに黄色のネクタイをしめた沢村が待っていた。予約がしてあったのか、夜景が見える窓側の席に案内されると、沢村はしゃぶしゃぶを注文し、飲み物は白ワインでいいねと言った。

「ブリッセをもってきてください」

彩がワイン好きなのを見越して沢村は和服の女性店員に言った。

「友野さんだが、電話で何か言ってた？」

そう言うと沢村は夜景に目をやった。澄み切った漆黒の闇にこまかい光がばら撒《ま》かれたように散っている。電話をじっと待ち続けている雄吉の残像が彩の頭の隅でちらつく。だが、まだこちらからかける気はない。

「何か気まずいことでもあったの？」

彩が黙っているので沢村は問いただした。

ワインがきて、お疲れさまでしたと彩は言いグラスを軽く合わせる。

「強気の友野さんも病気には勝てないのですよ。元気になる以外、救われないみたい」

彩は突き放したような言い方をした。

「それはそうだけど、人間はなんでもいいから希望を持たないと生きてられないんだよ。友野さんって、男とか家族には結構強がっているように見えるけど、君にはからっきしダメみたいだな。まるで、飼い主を追っ駆ける犬みたいじゃないか。だけどねえ、病人なんだから、優しくしてあげたら」

沢村は肉をポン酢で食べた。それもご飯に乗っけて食べるのが好きだった。

彩はポン酢につけた肉を食べながら白ワインを味わう。

「そうですね。介護の仕事も友野さんで最後ですから、看取《みと》ってあげようとは思っています」

「そう」沢村はつぶやき、「それはいいことだけど、死に直面した人間の面倒は大変だよ……まあ、それはそれとして、そのあとの仕事はどうするつもり？」

「健康でも将来を考えると憂鬱《ゆううつ》になるのですから、病人の独居老人はたまらなく寂しいでしょうね」

彩は雄吉に同情する。

「友野さんが気になるのであれば、電話すべきだよ。あんなにプライドの高い人が何回も電話してきたからね」

沢村は彩を咎《とが》めた。

「わかりました。いまから電話します」

席を立ち、店の入口のそばから雄吉に電話を入れる。携帯電話から聞こえてきた雄吉の声に彩はびっくりした。

「どうされました？　友野さん」

「苦しいんだ」

消え入りそうな声だった。

「胸ですか？　心臓？」

「とても、息苦しい……」

「病院に歩いて行けますか。それとも救急車を呼びましょうか」

「どこにいるの？」

「自宅です」

咄嗟《とっさ》に嘘をついた。

「タクシーで来て、お願いだ」

「……わかりました。うかがいます」

席に戻った彩を見て、「何かあったの？」と沢村が怪訝《けげん》な顔をした。

「ごめんなさい。いまから友野さんのマンションにうかがうことになりました。具合が悪いそうです」

「それ、本当かな？」

沢村はしゃぶしゃぶを食べながら首をひねる。

「友野さんが、嘘をついているとでも……」

彩の顔が紅潮する。

「そんなことは言ってない。だったら、早く行ってあげたら」

「食事の途中ですみません。失礼します」

店を出た彩は高速エレベータでロビーまで降り、ランドマークプラザ内を抜け、急ぎ足で雄吉のマンションに行った。息を弾ませながらインターホンで到着を告げると、「ああ」という雄吉の溜息が聞こえ、エントランスのドアが開く。エレベータまで駆けると同乗の男性がいて、そのまま乗り、十五階で降りる。エレベータは男を乗せて上へ向かった。雄吉の部屋のドアホンを押すと、ドアは開いている。玄関でパンプスを脱ぎ、リビングに駆け込むとパジャマ姿の雄吉がソファでぐったりと寝そべっている。赤い顔の額に汗が浮いている。

「大丈夫ですか」

雄吉の顔をのぞきこむと朦朧《もうろう》としている。寝室の毛布を抱え、洗面所のタオルを取ってリビングに戻り、毛布をかけタオルで額の汗をぬぐい、首の回りを拭く。

「寒い」

雄吉はふるえている。体温計を探して、脇の下に挟む。しばらくしてデジタル音がし、体温をみると三十八度の熱がある。彩は咄嗟にインフルエンザを考えた。昨日、雄吉は戸外に出た。地下鉄にも乗った。抵抗力が衰えていてウイルスに感染したのではないか。それも新型のインフルエンザではないか。

「悪寒がするのは熱があるからですよ。とにかく、いまから病院に行きましょう」

「解熱剤ならある」

彩の来訪が独りで居た雄吉の不安をいくらかは削《そ》いだ。

「でも、病院に行くべきです。インフルエンザかもしれないし、肺の負担は避けたほうがいいです」

彩の説得に雄吉は観念したのか、寝室に行きセーターとズボンに着替えてきて、「すまないが、病院まで同行してくれる？」と素直になった。

みなとみらい総合病院はマンションから歩いて五分とかからない。夜間外来口で診察券を提示し、診察用紙に彩が既往《きおう》病状と現在の症状を記入した。急患窓口で待っていると、看護師が診察を告げた。

診察室に二人で入ると、まだ若い当直医がいて、先ほど記入した雄吉の症状をパソコンで見ながら、「どうされました？」と訊いた。看護師が差し出した体温計は三十秒で判明する最新式のものだった。

「八度五分ですね」看護師が告げる。

当直医は雄吉の喉を診《み》てから聴診器を胸にあてて言った。

「インフルエンザの検査をしましょう。鼻から綿棒を突っ込みますから辛抱してください」

雄吉は顔を顰めた。

しばらくして検査の結果が出た。

「新型ですね。点滴をやって、薬を処方しておきましょう」

「先生、今夜は帰宅してもいいですか」

雄吉が不安そうに訊いた。

「もちろん。熱もじきに下がります。二、三日安静にしてください。それから肺のほうですが、後日検査をされたほうがいいですよ」

当直医はそう言い、看護師が隣室のベッドで点滴を施した。

「彩さんも風邪だって専務から聞いたけど」

「私はもう大丈夫です」

「そう」雄吉はうなずき、「……不安でしかたなくてね、彩さんしか思い浮かばなくて、それで呼び出してしまった」看護師が去ったベッドで涙をこぼした。

「私のほうこそ、連絡が遅くなってすみませんでした」

「いや、僕のほうこそ、彩さんに謝らなくてはいけないことをした」

彩の乳房に触れたことを雄吉は後悔していた。彩を軽く見た。あのときの彼女の目は怖かった。

点滴の輸液が残り少なくなった。

「夕食はどうなさいましたか？」

彩は話を変えた。

「なにも食べてない」

「体によくないですよ。お粥《かゆ》でもつくりましょう」

彩の口調は優しかった。雄吉には何も言うことはない。

処方された薬を受け取って病院を出た二人はマンションに戻り、エントランス入口のボードに雄吉がＩＣカードを当てるとドアが開いた。中庭を経たエレベータの横でＩＣカードを当てると今度はエレベータが動き始めた。

「便利なカードですね」

「三枚あってね。一枚は長男に預けてある。彩さんにも一枚渡そうか」

「そんなことしていいんでしょうか」

彩は申し訳なさそうな顔をする。

「でも今夜みたいな急用もあるからね。持っていてもらったらこちらが安心だよ」と雄吉は言った。

十五階でエレベータを降り、部屋のドアにカードを当てると施錠が解除される。部屋は保温性がよくて暖かかった。冷蔵庫から冷凍ご飯を取り出してレンジで解凍し、昆布のだしに白飯をゆっくりなじませ、軽く塩をふり梅干をまぶしたお粥をつくる。

「熱いですよ」

スプーンでひとくち食べて雄吉はまた涙ぐんだ。

「美味しいよ、彩さん」

「食べてから、タミフルを飲みましょうね」

彩は雄吉に優しかった。

「僕は、新しい薬を飲むのが苦手でね。一人だと怖くて飲めない」

お粥をすすりながら言った。

「医師を信じないのですか」

「初めての医師だったしね。それに若かった」

「いま飲んでいる薬との飲み合わせが気になるのですか」

「そうなんだ。悪く解釈する妄想癖があってね」

「大丈夫です。熱を下げるために早く飲まれたほうがいいですよ」

雄吉はお粥を食べ終え、水でタミフルを飲み、ＩＣカードを差し出した。

「さっきも言ったが、いつでも部屋に来れるように、彩さんがもっておくといい」

「それではお預かりしておきます」彩はＩＣカードをバッグにしまい、「ところで、具合はいかがですか」と訊いた。もう十時を過ぎている。

「少しよくなったような気もするけど、もうしばらくいてほしい」

駄々っ子のような言い方をした。

「ベッドで休んでください。もし不安だったら、眠られるまでそばにいます」

「我儘ばかり言って悪いな」

そう言うと雄吉は考え込むしぐさをした。彩はキッチンで食器を洗い終えるとソファの雄吉のそばに行き、寝室で休まれますかと訊いた。

「こんなマンションに住みたいと、この前言ったよね」

改まった顔で雄吉が訊く。

「願望を言っただけですから、気になさらないでください」

「僕が死んだら、このマンションをあげようか」

それは唐突だった。

「そんなつもりで言ったわけではありません」

彩はきりっとした顔になった。

「冗談でこんなことは言わないよ。それなら命が助かったら、お礼にこのマンションをプレゼントしよう」

そう言うと雄吉は寝室に行った。彩は書斎の椅子を寝室に持ち込み、ベッドの脇で雄吉を見守った。寝室の照明は三段階のリモコン操作になっていて、一番暗い照明である。それでも互いの顔は見えた。

「これ、僕の気持ちだけど」

封筒を差し出し、彩の手に握らせた。それがお金であることは察しがついた。

「すみません」

彩は頭を下げた。

「インフルエンザは感染するから、帰ったほうがいい。もう手遅れかもしれないけど、感染していたらごめんなさい」

「大丈夫です。感染したら、私もタミフルを飲みます」

薄暗い寝室で彩は微笑んでいる。その妖艶《ようえん》さに雄吉はどきっとした。薄暗い照明が彩の内面を照らしているようだった。

3

翌十月七日早朝、雄吉の朝食の世話をしに彩はマンションに来た。七時前に雄吉の携帯にコールし熱を訊くと、七度五分に下がったが、来てくれるとありがたいと雄吉は答えた。

いっぽう、昨夜雄吉が手渡した封筒には十万円が入っていて、生活に困っていた彩は雄吉の気遣いがありがたかった。ICカードは便利で、いちいちインターホンで呼び出さなくて済む。エレベータもじきに乗れた。彩はこのマンションの住人になったような錯覚《さっかく》をおぼえた。マンションの庭で今朝突然に、金木犀《きんもくせい》の強い芳香がした。見ると橙黄色《とうこうしょく》の小花を多数付けた枝が何本か伸びていた。季節の木々が所々に配置されて植えられているのであろうか。

ドアホンを押して玄関に入ると、戸口にパジャマ姿の雄吉が立っていた。

「朝早く、ご苦労さま」

うれしそうな顔をしている。

「よくなられてなによりです」

彩は微笑み、キッチンに入って朝食の準備を始める。朝は洋食だと聞いている。ボウルに卵を二個割り、軽くほぐし、牛乳と塩、胡椒《こしょう》を混ぜる。トースターで冷凍した食パンを焼く。コーヒーメーカーをセットする。フライパンにバターをのせ、強火にして卵を一気に流し入れ大きく混ぜる。半熟状になってから形を整え火を消すと中がふんわりとしたオムレツができる。ウインナーソーセージを二個フライパンに転がして焼く。

「どうぞ、召し上がってください」

彩は朝食をテーブルにそろえた。

「手際がいいね」雄吉は褒め、オムレツをフォークで食べた。「僕だと、中がやわらかくならなくてね。コツはなにかな？」

「強火で外側を焼き、卵の袋ができたら火を止めるんです」

「なるほど」雄吉は感心し、「理屈ではわかっても、その通りにできない。人生もそうだなあ」と分別を口にした。

「病院はどうされますか」

「熱が下がらなければ行くけど、しばらく様子をみるよ」

「わかりました。これから私、洗濯とお掃除をします。友野さんはテレビでも見られるか、それともお休みになっても結構ですよ」

彩が来ると、部屋に活気がでる。澱《よど》んでいた空気に女の匂いが漂う。雄吉は免疫細胞療法を心待ちにしている。何か効果があるような気がする。それと勘は大事である。四十歳で会社を興したときも、勤めていた会社が将来倒産するような気がしたものだ。中堅商社だったが、ワンマン社長のもと事業拡大に邁進していた。アウトソーシング事業に手を出し、派遣会社の買収もした。その買収した派遣会社に異動になり、その経験がもとになって独立したのだった。その商社はその後大手商社に買収され、当時の仲間たちで生き残った者は僅《わず》かしかいないと聞いている。

ともかく雄吉は創業した会社を三十年間で発展させ、長男の由紀夫を後継者にしてその会社を存続させている。会社に関して思い残すことは何もない。妻の幸子《さちこ》の認知症は不幸なことだが、それよりも自分の肺がんのほうが想定外であった。だが、雄吉は肺がんに屈したわけではない。まだ生きているし、希望も捨ててはいない。しかし、やるせない孤独と展望のない日々の中、死にたくなることがある。そこに雄吉にとって天使にも思えるヘルパーの結城彩が現れたのである。彩は雄吉に免疫細胞療法という希望を植えつけ、日々を共にする喜びを与えてくれる。そんなことを考えながらソファに座り、テレビはつけていたが観てはいなかった。彩は洗濯をし、掃除機をあて、拭き掃除をしている。今日の服装は、Tシャツにセーター、デニムのズボンだった。自然に体の線が目につく。瘡蓋《かさぶた》で覆《おお》われていた情念が新鮮な空気に触れたような気分である。

洗濯と掃除が終わり一段落すると、彩は買物に行くと言い、お昼は何が食べたいかと訊いた。天ざるがいいと雄吉は言った。一万円を渡すと、昨夜いただいたお金がありますからと言ってマンションを出た。よく気のつく女である。こんな女に一日中家事をやってもらうことが雄吉には信じられなかった。独りで住むのに限界を感じ試しに勝手な条件をつけてヘルパーを依頼してみたが、幸運にも彩が来た。彩でなければ雄吉はヘルパーを二、三回で断り、個室に入院していたかもしれない。人生の最後にこの女と巡り合ったのも何かの因縁に違いないと雄吉は思うのだった。

　彩は両手に重そうなポリ袋を抱えて帰ってきた。たくさんの食料品と調味料を買ってきたのである。

「天ぷらは何を揚げましょうか」

　優しい聞き方である。

「海老《えび》と獅子唐《ししとう》がいいな」

「わかりました」

　その注文がわかっていたかのように彩は材料をそろえていた。油ものはこのマンションで雄吉はやらない。残った油の処理が面倒だったからである。しばらくすると油がはねる音がして、天ぷらができあがる。蕎麦に凝っていた雄吉は国産小麦の乾燥麺を購入している。

　テーブルに並んだ天ぷらとざる蕎麦。さくさくに揚げた衣とぷりぷりの大きな海老の食感が蕎麦に合い、久しぶりに好物の天ざるを雄吉は食べる。

「彩さんも一緒に食べよう」

「お言葉に甘えていただきます」

　若い女と二人きりで蕎麦を啜る。雄吉はゆたかで満ち足りた気分になった。

「美味しかった」

心底からつぶやいた。

「喜んでいただけてうれしいです」彩は小さな唇に笑みを湛えてはにかみ、「お茶を淹れましょう」と雄吉の習慣を熟知している。

「すまないねえ」雄吉は薬を飲み終えてお茶をすすり、「彩さんに訊きたいことがあるのだけど、話してもいいかね」と体の具合がよくなったのか饒舌になる。

「何でしょうか」

お茶をテーブルに置き、彩は雄吉を見つめた。

「何か欲しいものはないかね。教えてもらいたくてね」

雄吉の言った意味を解釈しかねたのか、「欲しいものですか……」と彩は復唱した。

「そうだよ」

雄吉の視線がひかる。一瞬、彩は考えたが、思い出したように言った。

「そうですねえ、先日も申し上げましたかもしれませんが、私も一度でいいから、こんなマンションに住んでみたいですよ」

「マンションねえ？」

「ええ。掃除や料理やってて、とても楽しいですものね」

「僕が住んでいるこの部屋でいいの？」

「でも、それって単なる願望ですから」

彩は手をさすり、下を向く。

「だけど、それならここに二人で住むことになるよ」

「本気になさらないでください」

「僕は冗談でこの話をしているわけではない」

雄吉の視線が彩に突き刺さる。

「でも、不動産はお金と違って何かと面倒でしょう」

雄吉の視線をかわして彩が言う。

「だから、欲しければあげてもいいんだよ」

雄吉の口調が気色《けしき》ばむ。

「親族の方に叱られますよ」

マンションをもらう話など彩は信じてはいないようだった。

「死後の話だと厄介だけど、生きているうちなら問題はない」

自分に言い聞かせるように雄吉が言うと、彩は黙った。

「僕が死ねば、このマンションは売却される。相続税を払うために現金が必要になるからね。

だから、このマンションは資産として残さないほうが賢明かもしれない。生きていることを前提に購入したからね」

　雄吉の話に彩は反応しなかった。

「もしもの話かもしれないが、免疫細胞療法が効いてがんが治ったら、このマンションで僕の世話をしてくれないか」

「ヘルパーのような世話をすればよろしいのですか」

「そうだね。ただし、束縛はしないよ。たとえば、再婚したければそうすればいいし……」

「結婚は懲《こ》りてますから、それはないと思います」

　彩の断定的な口調に雄吉は苦笑いした。

「懲りているとは、強烈な話だね。まだ若いし、これからずっと独りってこともないでしょう」

「結婚願望がないのです。結婚して幸せになれる保証などありませんもの」

「そうか」

　雄吉は欠伸《あくび》をした。午睡《ごすい》の時間であった。

「関係ない話だけど、天ぷらの油はどうするのかなあ？」

「鍋の中でもう固まっています。油が熱いうちに凝固剤を入れておけば冷めると固まっています」

「なるほど」

うなずいてから雄吉は休むと言い、寝室に行った。

彩はキッチンで洗い物を済ませると、リビングのソファに座り、文庫本を開いた。九時から五時、これが友野雄吉と会社がかわした日曜を除く日々の生活介護時間であった。

彩はソファでうとうとしたようだった。午後三時、そろそろ夕食の支度をしなければならないが、雄吉は寝室にこもったままである。様子を見に寝室のドアを開けると、サイドテーブルの電気が点《つ》けられベッドに横向きになり文庫本を読んでいた。

「もし彩さんが望むなら、マンションを譲渡してもいいんだ。だけど、それには呑んでもらいたい条件がある」

寝室のドアのそばに立っている彩を見ないで雄吉は話しかけた。

「条件ですか？」

寝室に一歩足をふみいれて彩は訊く。

「条件をつけることに不都合があれば、聞かせてもらいたい」

雄吉はビジネス口調になった。

「何の条件もなくマンションをいただけるなんて思ってもいません」

彩は返事をした。

「この際、まどろっこしい言い方はしないよ」咳払いをひとつして続ける。「僕もまだ男だ。それで、彩さんにお願いしたいことがある。恥を掻きたくないから単刀直入に言うよ」

「それ以上はおっしゃらなくても結構です。わかりました」

「そうかね」雄吉はうなずき話題を変えた。「タミフルが効いたのか熱が下がった。これから風呂に入りたい」

「じゃあ、バスタブにお湯を入れておきます」

「ありがとう」

理解が早く機転もきく彩に雄吉は感心する。

湯に浸《つ》かるとさっぱりした。頭を洗って髭《ひげ》を剃《そ》り、鏡に映る肉体を眺めたが、どうみても七十過ぎには見えない。雄吉は摂生していた。散歩は欠かさずやっていたし、つい最近までは水泳もやっていたのだ。だが、この身体も内部から確実に滅びている。それが情けなくて切ない。

バスルームを出ると洗濯をしたパジャマが置いてある。それを着てリビングに行くと、キッチンからカレーの香ばしい匂いが鼻を刺激した。彩は夕食の支度をしていたのだ。

「夕食はカレーです。勝手につくってごめんなさい」

「いや、カレーでありがたい。無性にカレーが食べたくなるときってあるじゃない。そういう感じだな」

笑みがこぼれる。雄吉と彩とは間合いがあう。

明日また来ますと言い残して夕方の五時に彩がマンションを去り、火の消えたような室内で独りカレーを温めて食べる。キッチンはきれいに片付けられ、固まっていた油はマンションのゴミ捨て場で処理されたのだろう。冷蔵庫の中には色々な食材が入っている。彩が買いそろえたものである。人生の瀬戸際にある自分を鼓舞《こぶ》してくれる相手をいま雄吉は見出《みいだ》している。悲観を排してこの出会いを幸運に結びつけられないものかと思う。死んだら息子に処分されるマンションである。もし生き延びて彩と一緒になれるなら、このマンションを今のうちに有効活用したかった。

雄吉は懇意《こんい》にしている司法書士の鳥居剛《とりいつよし》に電話をした。

「お久しぶりです」

鳥居の律儀な声が懐かしかった。十歳年下の鳥居と話すのは二年半前に雄吉が引退したとき以来である。鳥居は二十年近く会社の登記関係の世話をしている。

「頼みたいことがあってねえ。近々、マンションに来てくれないかなあ」

「では、明日おうかがいします。午前十時でよろしいですか」

鳥居は雄吉の病状のことには触れず、日時だけを告げた。雄吉のがんを鳥居が知っているかどうかは定かではないが、それは明日話せばいいことだ。それから彩に電話をして、明日は午後からにしてほしいと告げる。わかりました、お大事にと彩は言い、雄吉はマンションの件には触れなかった。

翌日、鳥居はカステラを持参してマンションに来た。

「肺がんを患っていてね」

挨拶後、鳥居はリビングのソファに座ったが病状には触れなかったので雄吉のほうから白状した。

「そうですか」薄いフレームの眼鏡の似合う端整な顔だちの鳥居はうなずき、「ヘビースモーカーでしたね」とつぶやき、「でも、お元気そうで安心しました。友野さんは、運のお強い方ですからね」と笑顔をつくって言った。

長男の由紀夫から雄吉の病状について鳥居がある程度のことを聞いているような気はしたが言及を避け、雄吉は本題に入った。

「実は、このマンションの名義変更をお願いしたくて、ご足労願った次第です」

「はい」

斜め向こうに座っている雄吉の横顔を見つめて鳥居はうなずいた。

「ある女性に売買契約のかたちをとって名義変更してもらえないですか」

「失礼ですが、友野さんとどういうご関係の女性ですか」

　後のトラブルを避けたい鳥居は訊く。

「関係ねえ……」雄吉はつぶやき、「介護ヘルパーをお願いしている女性だけど」と口ごもる。

「そうですか」浮かぬ顔で鳥居は確認した。「その女性は、友野さんの、つまり愛人ということでよろしいのでしょうか」

「愛人ね」含み笑いをして雄吉は続けた。「言い方はどうでもいいけど、とにかくですよ、このマンションを彼女にプレゼントするつもりでね」

「私は名義変更の手続きをするのが仕事ですからよろしいのですが、ご長男の由紀夫さんはこの件を承知されておられますか」

　一介の介護ヘルパーの女性に友野雄吉ほどの経営者が騙《だま》されることなど考えられなかったので、長男である社長の名前を出して鳥居は確認した。

「このマンションは会社名義ではなく僕が買ったものだからねえ。ただし、名義変更の条件として、生涯僕の面倒をみるという条項をつけくわえてもらいたいのだが、法的に効力はあるものかね」

　鳥居の危惧を理解した雄吉は言った。

「女性と友野さんがこのマンションで同棲されるという意味ですか」

「そういうことになるかもね」

「余計なことですが、由紀夫さんに相談されなくてもよろしいのですか。後のトラブルが心配です」

「死ぬと決まったわけじゃないだろう。こっちは生きることに賭けているんだ。由紀夫がどうこういう問題ではない」

「わかりました。それでは同棲を約束させればよろしいのですね」

鳥居は折れ、契約の条文について念を押した。

「その約束が履行《りこう》されない場合は名義を元に戻すと明記してもらいたい」

「それから売買契約の実態ですが、形式上はどのようにされるおつもりですか」

鳥居の投げかけに雄吉はしばらく考える。

「そうだねえ、毎月の手当で支払うということでどうだろう。これなら、贈与にはならないでしょう」

「では、そのような契約書をつくってお送りします。次回おうかがいするときは、女性の署名捺印された同意書をいただき、その後に登記簿謄本の変更手続きをします」

「わるいな」

雄吉が頭を下げると、鳥居は彩の姓名を確認してマンションを辞した。

鳥居との話は11時前に終わったが、一人になってから雄吉はひどく疲れを感じた。熱をはかると七度三分あった。そのまま寝室のベッドに横になる。

目を覚ますと、彩がマンションに来ていた。午後一時半だった。二時間半も寝ていたことになる。外は秋晴れでさわやかな風が室内に吹き込んでくる。彩が来ると、死んだような部屋に生気が満ちてくるから不思議であった。

「気持ちよさそうにお休みになっていたものですから……」

彩の笑顔とその若い体を見るだけで雄吉は癒される。なんだか元気になりそうな気がするのだった。

「お昼ご飯まだじゃないかと思って、おむすびをつくっておきました」

「わるいねえ」

「食べられますか」

「ああ」

「お味噌汁をつくりましょうか」

「いや、お茶でいい」

彩はリビングのテーブルにおむすびと煎茶に野沢菜の漬物を添えた。

「冷凍ご飯なのに、なんでこんなに美味しいおむすびになるのかねえ」

雄吉は首をかしげて感心する。

「お米と海苔《のり》が上等だからですわ。私が上手なわけではありません」

「そうかね」雄吉はうれしそうに微笑み、「午前中に司法書士が来てね、マンションの名義を彩さんに変更することにした。それで、書類ができ次第サインしてくれたら、このマンションは彩さんのものになるよ」雄吉の唇がゆるむ。

「信じられません。そんなことをされてよろしいのですか」

彩に見つめられた雄吉は、そのやわらかい手を握って言った。

「僕が死んで、このマンションを君が使ってくれるなら結構なことじゃないか。がんが治って僕の面倒をみてくれたら、またこれ以上の幸せはない。いずれにしろ、僕にとって不都合は何もないよ」

「すべては友野さんにおまかせします。私は自分では何もできない女ですから……」

しおらしいことを言う彩を雄吉は抱きしめ、軽くキスした。彩は抵抗せず、雄吉の背中に手を添える。そのとき激しく苦しそうな咳が雄吉を襲った。

「大丈夫ですか」

彩は背中をさする。多量の痰《たん》をティッシュでぬぐいながら、「血が混じっている」と雄吉は絶望的な声で言った。

「早く休んでください」

彩は雄吉を寝室に促す。書斎から椅子をもってきてベッドのそばに置き、部屋の照明は薄暗くした。

「死ぬのが怖いんだ。ねえ、お願いだから、一人にしないでくれ」

彩の手にしがみついて訴える。

「そんなに簡単に死んだりしません。友野さん、大丈夫ですよ」

彩は雄吉の手を強く握りしめる。

「一緒に休もう」

彩の腕をベッドにひきこもうとする。

「ちょっと待ってください。スカートとセーターを脱ぎますから」

彩は雄吉の執念に感心する。重病でもまだ女への欲望があるのだからたいしたものである。

下着姿で彩がベッドに横になると雄吉の目付きが変わった。

「脱いでくれ」

ベッドに胡坐《あぐら》をかいて雄吉は命令した。彩は渋々ブラジャーを取った。パンティーをためらっていると、「早くしなさい」と雄吉が言う。彩は両手で乳房と秘所をそれぞれ隠したが、雄吉は彩の手をふりほどくと、眼で彩の裸を舐《な》めるように追い始めた。

　夢にまでみた彩の裸がいま目の前に横たわっている。見たくて見たくて仕方なかった裸だ。雄吉は恐る恐る彩の顔を見る。彩は眼を閉じている。美しい顔である。雄吉の眼が首筋から白い乳房に下りていく。そして小さく色の薄い乳首に視線が釘付けになる。眼を瞑っている彩にも、雄吉の眼の位置がわかる。磁石のように吸い付く執拗《しつよう》な雄吉の眼が下腹部をとらえ、繁みに顔がかぶさっている。それこそ秘所が眼で犯されているようだった。彩は全身が硬直した。さらに視線は内腿《うちもも》から足の指まで舐めるように這っていく。視姦《しかん》の屈辱に彩の顔はゆがみ火照《ほて》る。触られたり、舌で舐められるほうがましである。あるいは乱暴をされるほうが屈辱は軽いかもしれない。

　眼で堪能した雄吉はパジャマを脱ぐと、いきなりペニスをあてがった。抵抗力をなくした彩に雄吉は乱暴に挿入する。二度、三度と腰を揺すりながら摩擦を繰り返す。彩は声を失う。数分後に、雄吉のうめき声がして腹の上に生温かい精液がぽたぽたと落ちる。

　そのときまた激しい咳が雄吉を襲い、手からこぼれた血痰が彩の胸に垂れた。彩はなんでもなかったように血痰と精液をティッシュでぬぐうと、バスルームに飛び込み吐瀉《としゃ》した。雄吉の呼気から漂う腐臭に耐えられなかったのだ。熱いシャワーを浴びバスタオルで体を覆うと、それでも寝室に戻り、ぐったりしている雄吉の体を彩はさするのだった。

「苦しくないですか。大丈夫ですか」

「ああ」

苦しいのか気持ちがいいのかわからない声がする。

「休んでください。そばにいますからね」

いたわるような彩の声に雄吉は安心する。

しばらくすると雄吉の高くて太い鼾が聞こえてきた。彩はベッドから抜け出し、下着と服を着てリビングに戻った。

4

翌九日の金曜は、雄吉の定期検診日であった。午前中に血液採取、ＣＴ検査があり、昼近くに主治医の杉下医師の診断を受ける。

「入院して、抗がん剤の点滴をやりましょう」

ＣＴ画像を確認した杉下は促した。

「通院じゃだめですか」

入院に雄吉は抵抗する。入院するともうマンションには戻れない気がしたし、一縷の望みを抱いている免疫細胞療法が来週末には始まる。

「それなら、二、三日病室で点滴の訓練をしてから、自宅に器具・機材を持ち込み、娘さんが点滴介助されればよろしいですよ」

末期がん患者に入院を無理強《じ》いしたくない杉下は自宅療法を提示した。この患者には付き添いのできる優しそうな娘がいる。

「実は、免疫細胞療法をやる段取りをしていて、一回目のNK細胞投与が来週末から始まるのです」

雄吉は抗がん剤投与の効果を疑問視している。それと副作用が多過ぎる。貧血、嘔吐《おうと》、食欲不振に倦怠《けんたい》感、雄吉の場合脱毛だけが軽微であった。

「免疫細胞療法ですか」

杉下がつぶやく。

「効かないのですか？」

「これからの治療法ですが、なにしろまだ症例が多くなく、効果のほどは定かではありません。体に負担がない治療だということと、副作用がないのが患者には楽ですけどね」

杉下医師は淡々と話す。彩は黙って聞いていた。

「だから、抗がん剤点滴はNK細胞投与の効果を見てからにしていただけないですか」

彩に視線を向け、彩がうなずくのを見て雄吉は杉下に訴える。

「友野さんがよろしければ、そうしましょう。ただし、このままだとさらに病状が進行し、激痛に見舞われますが、承知しておいてください」

突き放したような言い方だった。

「そのときはよろしくお願いします」

杉下を快く思っていないわけではないので雄吉は頭を下げる。

「お大事にしてください」

杉下医師は患者をねぎらった。

診察室を出て一階受付で支払いを済ませ、薬を受け取った彩はマンションに戻ると昼食の準備にとりかかる。沢村とチャブ屋で食べたオムライスを思い出した彩は、チキンライスをつくりオムレツとあわせる。二人前つくったが、三十分とはかかっていない。

「いつも手際がいいね。美味しそうだ」

雄吉は空腹を覚えていたのか、それともケチャップの香ばしい匂いが食欲を刺激したのか、すぐにスプーンを口に運ぶ。

「ああ、うまい」一緒に食べる彩をじっと見つめて言う。「もう僕は、君なしじゃ生きられない」

「大袈裟《おおげさ》ですよ」

「本気だ。好きだよ」

そう言って彩の裸を目に浮かべた。

「ありがとうございます」オムライスを食べ終えた彩は微笑み、「お茶を淹れましょう」と優しく言う。

薬を飲むとあとは午睡である。NK細胞投与まであと一週間、進行するがん細胞のダメージに雄吉は耐えられるのであろうか。移動も身体介護もない雄吉の介護は楽だったが、それとはべつに雄吉の男を目覚めさせた。食事のあと、彩の手をいじって幸せそうにしている。

「これから、お掃除をします。それと厚地のカーテンを洗いましょう」

雄吉の手を離して彩はニコチンが染みているカーテンをはずし始める。リビングと書斎と寝室の三箇所である。一度では無理なので、寝室のカーテンから始め六枚を三枚ずつにわけて洗濯機に入れる。その間に掃除機で部屋を掃除し、リビングで眠そうにしている雄吉にはかまわず、体を動かし続ける。まるで自分の部屋を掃除するような楽しさである。雄吉が自分の姿を追うように見ているのも悪くはない。便器を歯ブラシで丁寧に磨くと、ぴかぴかになる。洗面所の排水口にも歯ブラシを突っ込むと真っ黒に汚れている。洗浄剤よりも歯ブラシのほうが確実に落ちる。

彩の掃除に待ちくたびれたのか雄吉は寝室で休んでいた。彩の目と鼻は部屋の汚れとニコチンを捉える。動物のような嗅覚と動作で嗅ぎ分け処理する。掃除と洗濯乾燥を済ませ、カーテンを寝室にかけてから雄吉の顔をうかがうと眠ったふりをしていたのか、彩の手を摑んだ。

「体に障りますからやめましょうね」

彩は雄吉の手をさする。

「明日には司法書士から書類が届くだろうよ。それに署名すれば、このマンションは君のものになる」

ベッドで雄吉が言う。

彩は黙って雄吉を見つめ、うれしそうな顔をした。ベッドに彩を強引にひっぱりこんで雄吉は囁《ささや》く。

「好きだ」

「優しくしていただいてありがとうございます」

彩は視姦の屈辱を追い払って応じる。

「ああ、生きていることは素晴らしい」

雄吉は彩を抱きしめる。ブラジャーをはずして乳房に顔をうずめ、乳首を舐める。

欲情しそうな雄吉を彩は諭す。

「昨日もそうでしたし、体に障りますから。今日はバスタブにゆっくりと浸かってください。私が背中を流してあげます」

「わかった」

雄吉の返事に彩はベッドを離れ、バスルームでバスタブに湯を張る。二人入れるほどのバスタブに湯がほどよく溜まると、裸になった雄吉は入浴する。明るい照明に彩はバスタオルを身体に巻きつけて浴室に入る。バスタブに浸かっている雄吉の目が異様にひかった。

「ここで、オナニーをしなさい」

「えッ」

彩の呻吟《しんぎん》を雄吉は無視する。

「セックスが体に障るといったのは君だからな」

「でも、それだけは堪忍《かんにん》してください」

「ダメだ」

「せめて暗くしてください」

「早くしないとのぼせて体に障るじゃないか。こっちに来なさい」

彩は観念してバスタオルをほどくと、雄吉の指図どおりにバスタブの縁に腰かけ、大きく脚を広げた。

「あそこの中が見えるように指で開いて、触りなさい。自分で感じないと僕を喜ばせることができないじゃないか」

「はい」

顔を背けながら、右手で乳首を触り、左手でクリトリスを撫《な》でるしぐさを繰り返す。

「いいじゃないか」満足そうな顔で雄吉は言った。「若い女の体はきれいだ。湯が肌から弾《はじ》けている」

「そんなに見つめないでください」

それが彩の精一杯の抵抗だった。屈辱で顔に血がのぼる。

「感じてきたみたいだな」

勘違いした雄吉がバスタブから立ち上がり、ペニスを彩の口に差し出す。

「咥《くわ》えてくれ」

彩は逆らう気力をなくしていた。彩の口の中で果てた雄吉は黙ってバスルームを出る。一人になった彩はシャワーで口を何回もゆすぎ、雄吉が使用しているバス用品には触れないようにして、全身にシャワーを浴び続けた。

午後四時、そろそろ夕食の準備をしなくてはならない。バスルームを出て着衣し、リビングで雄吉に献立を聞くと、まかせると言う。キッチンに圧力鍋があったので、彩は肉じゃがをつくることにした。じゃがいも五個を半分に切り、圧力鍋にサラダ油を入れて牛薄切り肉を炒め、色が変わったのをみてじゃがいもを炒める。油が回ってから水を入れ、中火で煮てあくを取り、砂糖と濃口醤油を入れて圧力鍋の蓋をする。

もう一品はいんげんの黒胡麻和《くろごまあ》えにした。四センチくらいの長さに切り、色をよくするために重曹を入れた湯で茹でる。ボウルにすり胡麻、砂糖、濃口醤油を入れ、いんげんを和える。歯ごたえのあるいんげんの緑と黒胡麻の風味が食欲をそそる。

五時になり帰り支度を始める。

「肉じゃがといんげんの和え物をつくっておきました。ご飯は炊飯器に入っています」

「もう、そんな時間か」

リビングの雄吉は寂しそうに言った。

「ごめんなさい」

「夜、独りで眠るとね、朝死んでいるんじゃないかと思うんだ。だけど、明日まで生きていると君に会えるだろう。いまはそれだけが生き甲斐だ」

侘しい言葉だった。

「免疫細胞療法に希望をもってください。また明日来ます」

彩は戸口に急いだ。

金曜日はウエルネス本社で週報作業がある。横浜西口のビルに立ち寄った彩に社長の諸井薫が笑顔で近寄ってきた。

「友野さんの介護、頑張っているわねえ」打合室に彩を呼んで言った。「それで、病状はどうなの？」

「今はまだ普段の生活ですが、これから辛《つら》い症状が出そうです」

薫の目をじっと見つめて彩は話した。

「鎖骨《さこつ》下の静脈点滴の連続投与。末期がん患者の最後の治療よね。入院を拒む患者さんには家族が自宅でその点滴介助をするのよ」

「今日、病院で医師からその抗がん剤点滴を薦められました」

「いよいよね。で、入院するのでしょう？」

「それが、これから免疫細胞療法を別の病院で始めるので、主治医には待ってもらったのです」

「そうなんだ。だけど、彩さんが自宅療法の世話をしなくてよかったじゃない。もっとも身内じゃないヘルパーにその介助はできないか」

「私、病院では友野さんの娘にされているんですよ」

「そんなことはいいけど、彩さんも最後に尊い利用者に遭遇したってわけよ。死のお世話をすること、これが介護者の使命だと私は思う。いろんな意味で辛いことがあると思うけど、逃げないで頑張ってね」

それこそいつもの薫の理想論だった。彩は介護事業をもっと泥臭くとらえている。死に直面する人間の孤独な叫び声と戦うことはきれいごとではすまない。それと介護には明日の我が身が投影されている。だから、真剣に向き合わざるをえないのである。

「ところで、インドネシアの介護視察はいかがでしたか」

「彼女たちの介護する姿勢がとてもよかったわね。だけど、日本に連れて来ると言葉の壁があるでしょう。訪問介護は難しいけど、グループホームなら受け入れ可能かもね。うちの専務はグループホームを事業化したがっているんだけど、利用者よりも介護従事者を集めることが大変じゃない。近い将来、介護者を外国人に開放しないとやっていけなくなると思うけど、私は規模の拡大によるサービスの低下は避けたいわけ。悪い、彩さんにこんな話して。辞めるんだものね」

薫は彩を評価していたから、つい話し込んだのだった。

「専務と話があったら呼んで来るわよ」

部屋を出る際に薫は言った。

「いえ、私も用事が済んだので帰ります」

「じゃあ、お疲れね」

薫は満面に笑みを湛えた。その笑みの裏側にひそむものを彩は掬《すく》い取った。

第三章

1

雄吉が彩を伴って新横浜のクリニックに行き、培養したＮＫ細胞の点滴投与を受けたのは十月十六日金曜日午前十一時のことであった。その日が一回目で、今後一週間ごとに都合六回の採血・投与が予定されている。

完全個室でリクライニングシートに横たわった雄吉は、クラシック音楽を聴きながら、高純度のＮＫ細胞が浮遊する生理食塩水を腕の静脈に点滴注入する。

「これが効くといいですね」

顔をこわばらせて点滴の残量を見つめている雄吉に彩は微笑む。

「体が受けつけているような気がする。抗がん剤は体に違和感があった」

あきらかに雄吉はこの治療にすべてを賭けている。

「よかったです。友野さんが効くと思うことが一番です」

杉下医師の診断では雄吉の余命はあと二ヶ月半ぐらいである。抗がん剤治療ではもはや延命効果しかのぞめない状態だ。免疫細胞療法により雄吉自身の免疫力を高めることでしか生き延びる手立てはないと彩は思うのだった。

「しかし、こんな簡単な治療でがんが治ったとしたら、今までの治療は無意味だったことになるな」

首をかしげて雄吉がぼやく。

「効く効かないは人によって違うのではないでしょうか。抗がん剤だって効く人はいます」

NK細胞入りの輸液を見ながら彩は反論する。

点滴が終わるころに若い看護師が来て、お疲れさまでしたと言い、来週金曜日の来院を告げた。

クリニックを出た雄吉は通りで彩の手を取り、「この辺りで食事をしよう」と言った。「気分はいかがですか」と彩が訊くと、「腹が空いた」と雄吉は答え、通りにあったこぎれいな鮨屋《すしや》に入る。

カウンターに腰掛け、こはだを注文した雄吉が好きなものを食べなさいと彩に言う。彩は中トロを食べる。

「美味しいです」

「そう」

顔をほころばす彩を見て雄吉はうなずき、頭の禿《は》げた大将にしめ鯖《さば》をオーダーした。

「友野さんは、光りものがお好きなのですか」

「そうだね。こはだとしめ鯖を食べると鮨屋がわかる」

雄吉は渋く笑い、彩が鯛《たい》を注文すると、連続で頼みなさいと急《せ》かした。彩はホタテと穴子《あなご》とウニを注文する。

「マンションの手続きで、何から何まで面倒をおかけしてすみませんでした。感謝していま す」

司法書士が作成した数々の書類に彩は署名・捺印しただけで、印紙代や手数料などすべて雄吉が支払い、彩の負担は印鑑証明書の取得代だけであった。

「もうしばらくすると、彩さん名義の登記完了証が自宅に届くはずだよ」

うれしそうな顔で雄吉は囁き、いわしを注文した。

「あのマンションが私のものになるのですか」

「そうだよ」

「夢みたいな話です」

彩は涙ぐんだ。

「泣くことはない。僕のほうこそ、彩さんに面倒をみてもらえるのだから、感謝しなくちゃねえ」

いつも難しい顔をしている雄吉の顔がほころぶ。

「いつまでもお世話させてください」

「ありがとう」

目頭が熱くなり雄吉は彩の手を取った。

鮨屋を出て通りでタクシーを停めた彩は運転手にみなとみらいと告げる。

「会ってまだ半月だけど、そんな気がしないなあ」

タクシーの後部座席で彩の手を取り、雄吉は言う。

「毎日お会いしてますから……密度が濃いのです」

「命を賭けた仲だ。僕はそう思っている」

「おかげで私の生活も変わりました」

雄吉との会話を中年の運転手が聞き耳を立てているような気がして彩は恥ずかしかった。

タクシーが「みなとみらいヒルズ」のロータリーに着くと、自分のマンションに帰宅したような安堵を彩は感じた。書類の書き換えだけで自分名義になるマンションを愛《いと》しく思う。ＩＣカードでエントランスのドアを開けるのもエレベータに乗るのも、雄吉の赦しを得ることはない。１５１２という部屋番号はまもなく彩の番号になる。だが、雄吉がいるかぎりその部屋はいまだ雄吉のものだった。

いつもは午睡の時間だったが、リビングのソファに座り雄吉はつぶやいた。

「僕は運が強いのかもしれない」

「コーヒーを淹れましょうか」

雄吉のつぶやきには答えず彩は言った。

「君を引き当てたことが素晴らしい。それも電話一本で沢村専務を呼び出し、注文をつけたのが奏功した」

彩はキッチンでコーヒーをセットした。

「すべてがうまくいっている」

雄吉は彩に話しているわけではなかった。

「免疫細胞療法は効くかもしれない」

「コーヒーは飲まれますか」

返事がないので、彩はカップふたつにコーヒーを注ぎ、テーブルに置いた。

「それで、君は僕の世話をしてくれるのだったね」

「はい。お世話させていただきます」

「じゃあ、一緒に午睡をしよう」

「いまは眠くないので、あとで休ませてください」

「そう。じゃあ、ベッドで待っているよ」

ここ一週間、午睡の添い寝が当たり前になった。添い寝するとマンションの名義変更をすると言われ、間もなく自分は死ぬからと泣きつかれ、彩は雄吉の求めに応じる。ベッドに潜り込むと必ず体を触る。さすがに行為は体に障るからと逃れるのだが、マンションの名義変更書類を整備し鳥居司法書士宛に書留で送付した日、彩は雄吉の執拗な求めを拒否できなかった。射精して果てたのちの、雄吉のひーひーと喘《あえ》ぐように鳴る気管支の音と、呼気から漂う臭いがたまらなかった。

それでも彩は、登記完了書類が手許《てもと》に来るまでは雄吉に従うつもりだった。マンションの隅々を点検し、清掃箇所のメモを終えると三時になった。今日もセーターだけを脱ぎ、ベッドの端に横になる。じきに雄吉の手が伸び、乳房を揉みしだく。彩はされるままにし、秘所だけは腰を浮かして逃げる。

「免疫細胞療法は効くかもしれないよ」

ベッドの中で雄吉が囁く。

「予感がするのですか」

雄吉の欲望を逸《そ》らすために彩は話しかける。

「自分を鼓舞しないと滅入るだろう。いつ死ぬかなんて考えたらたまんないよ。君には申し訳ないけど、セックスしているときだけ死を忘れる」

「はい」

「一緒に風呂に入ろうか」

彩は一瞬黙った。

「うるさい老人が鬱陶《うっとう》しくなったかね」

雄吉はにやりとした。

「私は友野さんを尊敬しています」

「そうかね。まあ、これも何かの運命だと思って諦め、僕の我儘に付き合うことだ」

「わかっています。ただ、友野さんの体が心配なのです」

「君は、僕に希望を与えた。ありがたい」

ベッドから起き上がった雄吉はバスタブに湯を入れる。洗面所の大きな鏡に映る自分の顔にはまだ生気がある。じきにバスタブに湯がたまり、雄吉は入浴する。しばらくすると彩がバスルームに裸体を見せる。雄吉は彩の真っ白い肌を画家のような視線で観察する。細くて長い手足が胴体から伸びている。小さい顔を支える頸《くび》は細く、双の乳房がほどよい形に盛り上がっている。うっすらと脂肪をふくんでへこむなめらかな腹が丸いお尻と豊かな太腿に繋がっている。

「きれいな裸だ」

雄吉はバスタブで見惚れていたが、オナニーは要求せず、熱くなったのかバスルームを出た。彩にはゆっくりお湯に浸かる習慣がある。濃いカテキン入りの冷たいペットボトル茶を飲みながら雄吉はリビングで寛《くつろ》ぐ。雄吉の関心はがんが治るかどうかで、ほかのことはすべて成行きにまかせるだけだ。

「五時に帰らなくてもいいじゃないの」

バスルームから出るとすぐキッチンで夕食の準備を始めた彩に雄吉は言葉を投げた。

「金曜日は会社に立ち寄り、業務報告をしなければならないのです」

「なるほど」

「ごめんなさい。本当は夕飯を一緒に食べたいのですよ」

「わかった」

今日の雄吉は物分りがよかった。それは免疫細胞療法で希望がでてきたせいかもしれなかった。

マンションを出ると陽が暮れてビル風が吹き、肌寒かった。地下鉄で横浜駅に行き、西口にあるウエルネス本社ビルで週報を提出する。午前九時から午後五時まで、日曜を除き、彩は雄吉のマンションに毎日いたのである。

本社には社長の薫はいなかったが、専務の沢村は電話応対に忙しかった。事務所の電話は鳴りやまず、ヘルパーが多数立ち寄り、スタッフは多忙を極めている。利用者とのトラブル、苦情など介護現場はときとして修羅場と化すことがある。

退社しようとする彩に沢村から携帯メールがくる。

〈七時。野毛。串焼屋〉

メールを見て彩は笑みを浮かべた。会社を出たエレベータの前で、〈了解です。社長は?〉と絵文字付きで返信すると、〈異業種の会合。箱根宿泊〉と体言止めのメールがくる。

彩は七時まで時間つぶしに西口駅構内のデパートをぶらぶらしたが、週末のバーゲンでごったがえす人いきれに圧倒される。人生に希望がでてきた彩は早々にデパートを出て横浜駅から根岸線に乗り、桜木町駅で降りる。六時半。一旦自宅マンションに帰り、セーターにジーンズというラフな格好に着替えてから串焼屋に行く。七時ジャスト、沢村と店頭で逆方向からかち合う。創業五十年という下町の老舗串焼屋の暖簾《のれん》をくぐる。野毛町は串焼屋、つまり焼鳥屋が多数軒を連ね、狭い路地通りを歩くとそのタレの香ばしい匂いがたちこめてくる。祭事の神社仏閣の参道に多数の夜店が出て、その独特の食べ物の匂いをまきちらす風情が野毛の路地にはあった。

「らっしゃい」

十人ほどしか座れないカウンターの椅子に腰掛けると鉢巻姿の年老いた大将が声をかける。創業五十年だが、まだ一代目である。顔にはつやがあり、八十歳という年齢を感じさせない。こんな下町の頑固な店を好む沢村の嗜好が彩は好きだった。おまかせにするとその日の大将の気分で串焼をメインにした献立が出る。

瓶ビールを飲みながら、最初に出た戻《もど》り鰹《がつお》の刺身を食べる。この店は新鮮な刺身も評判であった。醤油につけると鰹の油が散る。

「しっとりした舌触りがたまらなくいいね」

沢村はご満悦だった。

「鰹の厚切りは最高に美味しいですね」

沢村と過ごすこの時間が彩は好きだ。庶民的な雰囲気は気楽であり、とくに沢村を意識することもなく気遣いもせず時が経過する。

「友野さんだけど、具合はどうなの？」

けむりが燻《くすぶ》る店内はお客で混んでいた。

「末期症状はまだ出ていません」

「そう」沢村はうなずき、「マンションで毎日八時間、何をしているのかと思ってさ」と言い、首をかしげた。

「洗濯に掃除、それに食事の世話をすると、時間はいつの間にか経つものです」

「だけど、午後はひまだろう」

「友野さんには午睡の習慣があり、私は文庫本を読み、たまにソファでうたた寝をします」

「今はいいけど、これからが大変だな……死ぬのだからね」

「そうとはかぎりません」

「延命する治療をしているとか？」

意外な顔をして沢村が訊いた。

「そうです。免疫細胞療法を始めたのです」

「免疫細胞療法か、いろんなのがあるよねえ」

最初の串焼は牛肉だった。この店は魚介類が多く、変わっているのは牛肉は出すが鳥肉は出ない。

「牛肉の串焼という発想がいいわ」

彩は頬ばりながら言う。

「友野さんの介護はいつまで続くの？　今年で終わりじゃなかったっけ」

串焼を食べながら雄吉の話になった。

「友野さんはがんを克服するつもりなんです」

「でも医者も見放す末期でしょう。病院に入院したら、病室付き添いするつもり？」

「できる限り友野さんの要望は叶えてあげようと思っています」

「なんでそんなに友野さんに執着するのかな」

沢村は何度も首をかしげた。

「効率のいい介護で、それにお小遣いをいただいたり、楽させてもらっています」

「なるほど……」沢村はうなずいたが納得はしていなかった。「聞き流してもいいけど、友野さんから性的欲求があったりしないの？」

串焼屋のカウンターは両隣が迫っていて話は筒抜けである。栄螺《さざえ》のつぼ焼きが出る。

「磯のかおりがいいですね」

「うん」

彩は雄吉の話を避け、沢村もそれ以上は追及しなかった。

二人はビールを飲みながら栄螺を食べる。おまかせの最後はお好み焼きだった。老大将は黙々と料理をつくっている。無口な男である。それでもお客が押し寄せる。外で待っている客がいるのでお好み焼きを食べて二人は店を出た。野毛の路地を歩きながら、沢村は彩のマンションの方向について来る。

「困ります」

彩が住んでいる野毛坂にある中古マンションのそばに来たときに言った。

「串焼屋で話せなかったことがある」

今夜の沢村はいつもと違った。

「大事な話ですか」

「僕にとっては大事な話だけど、君にはどうなのかな」

立ち止まって沢村は言った。

「道端で済む話じゃないでしょう」彩は一息置いた。「でも、マンションで話すと長くなりません？」

「君の返事によるだろうね」

「だけど、用心されたほうがいいですよ」

「用心って、何のこと？」

「社長ですよ。私たちの関係を社長はごぞんじです。専務は無防備過ぎます」

「取り越し苦労だよ。でも、そうだとしたら、僕は君を選ぶ」

「こんな話を道端でしてはいけません。それでは部屋に来ますか」

そう言われたら沢村も帰るわけにはいかない。オートロックのエントランスを開け、四、五人乗りのエレベータに乗り五階で降りる。五つか六つ部屋があり、その真ん中の部屋の玄関に鍵を差しドアを開ける。

部屋に灯《あか》りが点き、窓が圧迫するような狭いリビングには低くて四角い黒のテーブルが置いてある。ソファは二人掛けで正面に小型の液晶テレビがあり、隣が寝室だった。沢村はソファに腰掛けたが、彩はテーブル脇のカーペットに座り、沢村とは斜め方向に向き合った。

「コーヒーを淹れましょうか」

「すまない」

沢村は恐縮したそぶりをする。

コーヒーメーカーでコーヒーを淹れている彩に沢村が声をかける。

「何度も訊くけど、次の就職先は決まったの？」

「いえ、まだです。雇ってくれる会社があるのか心配です」

「三十を超えると就職は難しいと思うよ。それよりも、僕と本格的に介護事業をやってみないか。この際、君の覚悟を聞いておきたくてね」

テーブルにコーヒーを置いた彩に沢村が迫る。

「前にもお話ししましたが、それは無理です。薫社長というパートナーを仕事で裏切るとひどい仕打ちを受けますよ。専務のことは好きですけど、そのことで社長を悩ませることはしたくないのです」

彩は本音を言った。

「僕のことを好きだと言ってくれるのはうれしいよ。だけど、それってほんとかな」

「好きだから男女の関係になったのです」

むっとして彩は言った。

沢村は腕を組み、考え込むふりをして訊いた。

「それはわかるけど、でも一回だけの関係って、変じゃないか」

「それって男の身勝手だわ。専務には薫さんがおられるじゃないですか」

沢村は一瞬黙ったが、「だけど、僕は彩さんを離したくない。それだけはわかってほしい」

と執拗に訴える。

「目をかけていただいてありがとうございます。でも、友野さんの介護が終わったら、私たちはお別れしましょう」

彩の醒《さ》めた言い方が沢村の未練に火をつける。

「爺さんはいつ頃死ぬのかね」

「そんなこと、わかりません」

「七月に余命半年と宣告されたわけだから、あと二ヶ月半か」

「生命力の強い方だから、治癒するかもしれませんよ」

自分に言い聞かせるように彩は言った。

「闘病生活が長引いたら、君はどうするの？」

「いずれにしろ、今年で介護の仕事は辞めます。先のプランはないのですが、今の生活にケジメをつけたいのです」

彩と雄吉の間には誓約がある。治癒すれば雄吉の一切合財の面倒をみることになるのだ。末期がんの雄吉に免疫細胞療法を薦めたのは彩だったが、それが思いもよらぬ結果をもたらした。マンションをあげようかという雄吉の言葉が現実になったのである。それも会ってわずか二週間ばかりの間の話なのだが、雄吉にとってその二週間は死の恐怖に喘ぐまさに切羽詰ったときだったのではないだろうか。死ねばマンションなど意味がないし、問題は生き永らえた場合に彩と一緒に暮らすことを求めたのではないかと思うのだった。

「爺さんの決着がついたら、また話をしよう。とにかく今は精一杯面倒をみてあげたら」沢村はソファを立って言った。「コーヒー、ご馳走さま」

2

数日後、彩の自宅に「みなとみらいヒルズ1512」の登記完了証が届いた。マンションは友野雄吉から結城彩に七千万円で売却され、彩の名義になった。その書類を穴のあくほど彩は眺めた。あの豪華マンションが自分のものになった。その奇妙な感動の中に雄吉がいた。雄吉は元気だった。

朝九時から夕方五時までの勤めが億劫になってきた彩を雄吉は見逃さなかった。彩は一日だけ休んだ。生理休暇である。

「部屋の掃除には熱心だけど、料理を手抜きしてるな。それと、生理で休むというのはいかがなものかね」

雄吉は使用人に対するような口をきいたが、ほんとうは彩が一日でも来ないと寂しくて仕方なかったのである。雄吉にとって彩のいない日常は考えられなくなっていた。

「すみません」

彩は口答えはしないで謝る。

「僕が死ぬのを待っているのかもしれないけど、なかなか死なないよ」

眉間に皺をため、唇に笑みを浮かべて痛烈な皮肉を浴びせる。

「そんな風に言われるのはつらいです」

彩は涙ぐんだ。

「マンションの名義変更はいつでも元に戻せるからね」

「お気に障るようなことをしてすみませんでした。友野さんの言うとおりにしますから、何でもおっしゃってください」

リビングのソファで頭を下げる。

「僕に優しくしてくれたらそれでいいんだよ」

雄吉が寝室に行くと、しばらくして彩は下着姿でベッドに入った。背中を見せていた雄吉の手が伸びる。彩はじっとされるままでいた。

「病人の僕からじゃなくて、君のほうからいろいろやってほしいんだ」

いつの間にか彩に命令することが常態になった。

「どうすればよろしいのですか」

寝室の照明は暗くはなかった。

「全身を舐めてくれないかな」

「わかりました」

彩は雄吉の黒い乳首に舌をはわせた。

「いいよ」雄吉が喘ぐ。「下も頼むよ」

「はい」

歳のくせに元気なペニスは気味が悪かったが、彩は目を瞑り口にふくんだ。

「そのまま上になって入れてくれない？」

「はい」

コンドームを装着して雄吉の要求に応える。全身の力をこめ彩は雄吉を消耗《しょうもう》させる。そのうちにぜいぜいと気管が鳴り始め、ひーひーと絞り出すような声に変わる。ぐったりした雄吉の体から離れた彩はバスルームに駆け込む。シャワーを浴び、持参したボディーソープで何回も体を洗う。洋服に着替えると寝室はのぞかずリビングのソファに腰かける。これから雄吉の午睡が始まるのだった。

三時になり、雄吉を起こして買物に行く準備をする。

「申し訳ありませんが、お金をいただけませんか。食材を買って来ます」

「いくら渡せばいいのかな？」

「一万円で結構です」

雄吉は財布の中身を確かめた。

「十万円ばかり下ろしてきてくれない？　キャッシュカードを渡すから、明細書を僕に頂戴《ちょうだい》。これが暗証番号だ」

四桁の番号が書かれたメモを渡した。

夕食の献立を聞くこともなくマンションを出た彩は最寄りのスーパーに行く。その途中でコンビニに立ち寄りＡＴＭで十万円を下ろす。預金残高の一千万円が意外であったが、銀行を分散して預けているのだろうと思った。二年半前に雄吉は七千万円でマンションを購入している。それは七十歳で社長を長男にゆずり、引退した時期である。退職金でマンションを購入したと言っていたが、退職金はいくらだったのだろうか。彩はスーパーの道すがらそんなことを考え、買物を終えてマンションに戻ると九万五千円余りと明細書が入った封筒を雄吉に渡した。

「ご苦労さん」

中身を確かめてにっと笑った。その笑顔に彩は困惑する。金持ちの余裕か秘密を教えた快楽かそれともがんが脳に転移したのか、彩を刺すような笑顔である。

キッチンに立っても最近は料理の意欲が湧いてこない。一緒に食べたいと雄吉は言うが、彩は一刻も早く雄吉から解放されたかった。食事を共にしたくないから簡単な料理をつくることになる。それで雄吉から手抜きをしていると責められる。それでも一汁三菜はこさえている。料理に愛情が感じられないと雄吉は言いたいのだと思う。たしかに彩は以前のように手の込んだ料理をしなくなった。愛情に飢えた雄吉は敏感にそれを感じ取ったのだ。だが、今日の彩は違った。

「食べたいものがあればおっしゃってください」

黒のコットンズボンに鮮やかなブルーのシャツを着てソファにいる雄吉に訊いた。

「どうした？　今晩は夕食を一緒に食べる気になったのかい？」

彩の気持ちを見透かしたように言う。

「ええ。いいですか」

「そうか、歓迎だね」

雄吉の顔がほころぶ。

「しゃぶしゃぶでいいですか」

「いいね」

雄吉の口許《くちもと》がゆるむ。

「夕食は何時ごろにしましょうか」

まだ四時過ぎだった。しゃぶしゃぶは準備が楽だ。

「六時ごろでいいよ」

「わかりました」

ソファでうなずく彩を見つめて雄吉は言った。

「なぜマンションをあげたかわかるかね？」

「えっ」

唐突な問いに彩はうめいた。

「僕は生き延びることに賭けた。君はその女神だ。わかるね、死が確実ならマンションはあげない。それほどお人好《ひとよ》しではない」

彩は黙った。

「預金残高見たかね。少ないのが意外だっただろう。でも、お金は心配しなくていい。今はとにかく、免疫細胞療法でがんをやっつけることに全力を注ごう」

彩は返事に困った。


十月二十三日の金曜日は二回目のNK細胞投与日であった。彩に連れて行かれた新横浜のクリニックに今度は雄吉が彩を連れて行く形になった。

その日彩は九時丁度にマンションに行った。

「遅いじゃないか」

出かける準備をして待っていた雄吉は彩に文句を言った。

「すみません」

最近の彩は謝ることばかりである。今日の診察予約は十時であった。タクシーではなく時間が確実な地下鉄に乗ると雄吉は言い、マンションを出ると急ぎ足で地下鉄の改札に向かう。彩は後ろから追いかける。電車の中でも雄吉は口をきかない。新横浜駅に着いても雄吉はクリニック目指してさっさと歩き始める。これでは彩の同行は不要であった。

「怒ってるんですか」

クリニックが近くなり、雄吉に追いついた彩は声をかけた。

「院長から早く経過が聞きたいだけだ」

やんちゃな子どもみたいな老人だ。意図して彩を邪険にしたわけではないようだ。

受付には十時五分前に着いた。採血を済ませ、肺のＣＴを撮り、しばらく経ってから院長室に通される。

「体調はいかがですか」

縁なし眼鏡に白衣姿の山口院長が雄吉に訊いた。

「夜になると不安で眠れないことはありますが、激痛とか目立った症状はないです」

「そうですか。ではよく眠れる睡眠薬を処方しておきましょう」

「はい」雄吉はうなずき、「それよりも、ＮＫ細胞投与で何か変化はあったのでしょうか」と訊いた。

診察室には肺のＣＴ画像が並べられている。

「ここのがんが少し小さくなりましたかね」

その箇所を指示棒で指して院長は言った。素人目《しろうとめ》にも肺にがんが点在しているのがわかる。それを雄吉と彩は見ていた。

「六回の投与で劇的変化が現れる可能性はありますよ。頑張りましょう。それでは個室で点滴を受けてください」

柔和な顔で院長は言った。

「この免疫細胞療法でがんが治癒する予感がします。先生！　よろしくお願いします」

雄吉は興奮していた。

「そうです。人間の免疫力は計り知れません。それと、気力はがんを退治する大きな力になります」

院長と雄吉とは呼吸が合っていた。この医師は患者を励ますことが上手だと彩は思った。

点滴を終えてクリニックを出たのは十一時半で、地下鉄を乗り継ぎ、みなとみらい駅で下車すると十二時だった。

「お疲れになったでしょう」

　彩はいたわった。

「いや、たまには外気を吸い、人いきれも感じないと生きている気がしないからな。それと生命力が衰える」

　地下通路を歩きながら雄吉は言った。顔から午前中の不快さは消えていた。マンションに戻ると雄吉の好物である蕎麦を茹で、錦糸玉子と大根おろしを添えた冷やし蕎麦をつくる。

「君のおかげで、生きる力が出てきた。食事の世話もしてもらえるし、感謝しているよ」

　最近の雄吉には珍しい優しい言葉だった。

「いいえ、私のほうこそ感謝しています。いたらないところがあったら何でもおっしゃってください。直します」

「いや、何も言うことはない。病気の老人を相手にしてくれる人などいないからね」

　そう言うと雄吉は欠伸をした。昼食が終わると午睡である。だが、今日の彼は眠ろうとはしなかった。彩は掃除と洗濯をするつもりでいた。

「彩さん、僕は正直怖くてしかたがない。独りで居ると不安で気が狂いそうになる。死を考えずにいられるのは君が居るときだけだ。お願いだから、一緒に暮らしてもらえないだろうか」

雄吉は手を合わせて哀願した。彩に弱音を見せたのである。

彩は答える言葉がなくて黙った。

「この部屋は登記上では君の所有物だ。だから、君はここに住む権利がある。でも、僕が居るから住みたくない。いや、単刀直入に言おう。一千万円で僕の面倒をすべてみてもらえないだろうかね」

「お泊まりすればよろしいのですか」

彩は訊いた。

「いや、一緒に住むことになるのだから、書斎に引っ越してこないか」

「……考えてみます」

「とにかく、夜一緒に居てほしいのだよ。不安でたまらないんだ」

「……わかりました」

「じゃあ、今晩からそうしよう。着替えや化粧道具などを自宅からもってきなさい。お金は来週の月曜日に渡すよ」

「わかりました。では、失礼して、夕方来ます」

「僕はこれから午睡だ」

雄吉の思わぬ申し出を彩は受けとめた。今後の生活に困る彩にとって一千万円はかけがえのないお金である。

マンションを午後二時に出た彩は通りでタクシーを停め、ワンメーターで行ける野毛坂の自宅マンションに戻った。コーヒーを淹れ、安物のソファに座った。みなとみらいのマンションが自分のものになった実感はなかったが、一千万円をもらえる話には現実的な重みがあった。一千万円を雄吉はなぜ渡す気になったのかを考えてみた。たしかに末期がん患者が独りで夜を過ごすのは不安に違いない。不眠もうなずける。それとも体が痛むのか、吐き気がするのか、そういう症状について雄吉は何も言わない。我慢しているのか、彩に言いたくないのか、それとも回復の兆しがあるのか、よくわからない。たしかなことがひとつだけある。それは性欲が強いことである。病気でもなければ、毎日求める男である。彩はそれを避けていたが、泊まると逃げられなくなるかもしれない。だが、相手は重病人であり、間もなく死ぬ男である。その人間に優しくしても時間の問題であり、あとしばらく辛抱すれば自由になり、彩の暮らしの目途《めど》が立ちそうだった。

二泊三日に必要なものをキャリーバッグに詰めると、旅行気分で自宅を出た。まだ三時半で、今度は歩いて野毛坂を下り、野毛大通りを桜木町駅に向かってゆっくりと歩いた。何も急いで雄吉のマンションに行くことはない。今夜は泊まるのである。雄吉は午睡中かもしれないし、ベッドでの添い寝は避けたい。スーパーに立ち寄り、買物を済ませてみなとみらいのマンションに四時半に行った。

雄吉は珍しく書斎で読書をしていた。金曜日はウエルネス本社で週報作業があったのだが、体調不良を理由に電話で済ませた。

「君を独占していることが会社では問題にならないの？」

今週は九時から五時まで雄吉の自費介護で終えており彩の週報は簡単だった。その報告を書斎のドアが開いていて雄吉は聞いていたのだ。

「友野さん以外はお断りしているので問題はありません」

「そうだったね。でも、君のような人に専属介護をしてもらえるなんて幸せだ」

リビングのソファで雄吉は言い、彩の手を取った。

「夕食の支度をしなくてはいけません。食べたいものがあったらおっしゃってください」

彩は手を引っ込め、キッチンに向かう。

「そうだね、天ぷらでもしてもらおうかね」

「わかりました」

彩は返事をして具材の準備にとりかかる。スーパーで買物をしたとき、近々雄吉が天ぷらを食べたくなるような気がした。彩は芝海老のかき揚をつくることにした。きれいな高層マンションのキッチンで料理をするのは楽しい。久しぶりに料理に精が出る。

唐突に一千万円と言われたときは半信半疑だったが、それはマンションのときと同じであった。言うときは唐突だが、雄吉はそれを実行する男である。彩のほうが都合のいい男と巡り合ったと言える。雄吉ががん患者でなければ、マンションや大金はもちろん、彩は相手にされなかったかもしれないのだ。

天ぷらを揚げながら、小言の絶えない姑《しゅうとめ》と食事をした記憶が彩に甦る。姑と歳の近い雄吉を舅《しゅうと》と置き換える。外資系の証券マンだった夫はいつも帰りが遅く、姑と居る時間が長かった。彩は年寄りの操縦に長《た》けていった。口答えはしない。姑の愚痴は夫に言わない。料理は教わる。好意は受ける。つまり何事につけ下手に出る。

「いやー、今晩の食事は美味しかった」

雄吉の満面には笑みがあふれていた。

「天ぷらが美味しいのは体の調子がよい証拠です」

「そういえば、ここのところ具合は悪くない」

「免疫細胞療法の効果かもしれませんね」

「そうに違いない。抗がん剤は違和感があったが、免疫細胞療法は体に優しい」雄吉は上機嫌だった。「助かるような予感がしてきた」緑茶をうまそうに飲む。

「それはよかったです」

「君が今夜泊まってくれるのがうれしくてねえ」

彩と過ごす夜を雄吉は想像でもしているのであろうか。テレビでニュースを放映していたが、二人とも碌《ろく》に観てはいなかった。彩はいったいどこで休めばいいのか。寝室のほかはリビングのソファしかない。一時ならソファで十分だったが……。

バスタブに湯を張り入浴剤を入れる。湯に一緒に入ろうと雄吉は言ったが屈辱が甦り、彩は食器洗いを理由に遠慮した。それと素顔を雄吉にだけは見られたくなかった。

雄吉は入浴を終えてパジャマに着替え、満足そうな顔をしてリビングでテレビを観ていた。お笑い番組をやっている。時折、声を出して笑っている。

「いつも、何時ごろにお休みになるのですか」

語りかけるように彩は訊いた。

「九時のニュースを観て寝るから十時ごろだよ」

「何時ごろ目覚められるのですか」

「なかなか寝付けなくて……でも、四時には目が覚める」

目はテレビを観ていたが、雄吉の関心は彩にある。

「不安なのですか」

「朝目が覚めないのではないかと思うのだよ。つまり、眠ることは死ぬことなんだ」

訴えるように言う。

「それで、朝は自然に目が覚めるのですか。それとも夢でうなされるとか？」

精神科医のように訊く。

「人間はいずれ死ぬのだろうが、がんを患って脳死または呼吸停止になるメカニズムがわからない。それが不安なんだよ」

「血圧が低下しているわけでも、低体温でもないでしょう」

「血圧も体温も正常のはずだ」

「がんは細胞の病気ですから、激痛がなければ大丈夫です。つまり、夜寝るときに何もなければ朝も生きています。きっと精神的な苦痛に悩まされているのだと思います」

彩の指摘は的を射ていた。

「死ぬのが怖いんだよ」

先生に諭される生徒のような萎《しお》れた声だった。

「大丈夫です。友野さんは強運の持ち主ですから、きっと完治します」

「そうかな」

「そうですよ」

「うれしいね。僕は君に巡り合えてよかった」

雄吉は彩の手を取り、その手に頬ずりした。

「すみませんが、私もバスを使わせていただけますか」

ねだるように言う。

「自由に使っていいんだよ」

雄吉の目が輝く。

キャリーバッグを浴室に運び、鍵をかけてから化粧を落とす。彩は汚《けが》らわしいバスタブに浸かりたくはなかったが、時間をかせぎたくて我慢してゆっくり浸かり、洗髪後もまた入浴した。髪を乾かし、薄化粧を施していたら一時間以上も浴室に居たことになる。

パジャマ姿でリビングに行くと、雄吉は待ちくたびれていた。

「そろそろ、寝ようか」

雄吉の目が寝室を催促している。

「はい」

返事はしたが、雄吉の体が不気味であった。

「お体のほうは大丈夫なのですか」

「運動をすると咳が出るけど、激痛はないよ」

本当に病気なのかと思うほどに外見上は健常だった。雄吉はソファから立ち上がり彩の手を取ると、寝室に誘った。

白い羽根布団のかかったダブルベッドにもぐりこんだ雄吉は激しく彩を求めた。彩はパジャマを剝がされ雄吉の思うようになった。ぜいぜいという苦しそうな呼吸を繰り返しながらも性欲の強さにあらがえない雄吉は行為に没頭する。その夜は果てたあと、ベッドの上にうずくまり、苦しそうな表情を浮かべ両腕をだらんと垂らし、虚《うつ》ろな目付きで放心している。

「どうしました！」

パジャマを着た彩はベッドで雄吉の手を取った。

「うん……」

雄吉はうなずき、そのあと激しい咳を繰り返した。ティッシュを口にあて真赤な血を吐き出した。

「静かに休んでください。私はソファで眠りますから、苦しくて我慢できなかったら呼んでください」

いたわる彩を雄吉は離さなかった。

「もう何もしないから、僕が寝付くまでベッドで一緒にいてほしい」

「わかりました」

彩はうなずき、ベッドの隅にうずくまった。

3

二泊して日曜の朝に野毛坂のマンションに戻った彩は疲れ果て、その日は何もする気がなく、久しぶりにのんびりした日曜日を過ごした。

だが、翌月曜日八時過ぎには駆けるようにみなとみらいに向かった。一千万円という大金を想うと足取りは軽く、自然に笑みがこぼれた。ＩＣカードでエントランスのドアを開け、タイミングよく下降してきたエレベータに小走りに乗り込む。十五階で降り十二号室に走る。ドアホンに「彩です」と告げ、カードをセンサーに近づけると玄関のドアが開く。パンプスを脱ぎ、廊下を歩いてリビングに行くと雄吉はいなかった。

寝室のドアが閉まっている。ノックをしても返事がない。「失礼します」と断りドアを開けると、雄吉は横向きに眠っていた。

「おはようございます」

彩は羽根布団を軽くたたく。

「ああ、彩さんか」

眠そうな眼をして雄吉が言う。

「こんな時間までお休みになるのは珍しいですね」

泊まった二日間、雄吉は早朝五時には起きだし、ソファで横になっていた彩を揺すり起こして寝室のベッドに連れ込んだのだった。

「君がいないから、昨夜は寝付けず、睡眠薬を飲んだ」

「睡眠薬が効いたのですね」

「そのようだ」

「よかったです。リビングにいらっしゃらなかったので心配で、まだ心臓がどきどきしています」

彩は思わせぶりに言った。

「起きようか」

雄吉の眼がひかった。

「朝食を準備します」

腕を取られてベッドに連れ込まれる予感がした彩は寝室を出てキッチンに行った。トーストにベーコンエッグ、ヨーグルトにコーヒーを用意する。

「久しぶりにぐっすり寝た」

コーヒーを美味《うま》そうに飲みながら雄吉は言った。

「睡眠が一番です」

彩は追従《ついじゅう》する。

「そうか、今日一千万円を渡すのだったな」

彩の顔をじっと見つめて苦笑いをした。

「何か変ですか」

彩はすこしムッとなった。

「条件というほど大袈裟ではないが、お金を渡す前に約束してほしいことがある」

雄吉の顔がこわばって見えた。

「はい」

彩の返事は小さかった。

「マンションもそうだけど、お金を受け取ると君はもう僕から離れることはできない。それでいいんだね」

怖い目をしている。

「はい」

彩の返事が硬くなる。

「僕が死ぬと思っていたら、後悔するよ」

「そんなことを思ってお世話しているわけではありません」

「わかった。もういい」

そう言うと雄吉は寝室に行った。テーブルの食器をそのままにして、彩はソファでじっと待った。部屋のデジタル時計が九時半を指した。銀行に行くために雄吉は着替えをしているのだろうと彩は思った。

その雄吉は寝室のクローゼットの奥にしまってある金庫を開け、腕組みをして考え込んでいた。彩に与えるのは、この一千万円で最後である。これを渡せば、なぜか命が助かるような気がした。マンションよりも現金を渡すのは勇気が必要だった。マンションは勝手に処分できないが、金は渡した時点で相手のものになり、返してくれとは言えない。金庫から帯封付きの百万円を十個取り出してデパートの紙袋に入れ、手に提げてリビングのソファに座った。

雄吉がパジャマ姿のままだったのが彩には意外だった。

「一千万円だ」

札束をテーブルに並べて、わざとぶっきら棒に言った。

「ありがとうございます」

銀行で下ろしていたのか、それとも自宅のどこかにしまってあったのか、そのことを訊くわけにもいかず、眼前に突然出現した一千万円に彩は驚き、丁重に頭を下げた。

「早くしまいなさい」

雄吉は照れたように催促した。

「申し訳ないのですが、これから銀行に行き、このお金を口座に入金してもよろしいでしょうか？　こんな大金見たこともないので不安です」

低姿勢で彩はうかがいをたてる。

「そうだな、ここに置いておいても仕方ないから、じゃあ、早く銀行に行きなさい」

叱るような雄吉の声がした。

キッチンで食器を洗い、窓を開けて部屋に掃除機をかけ、用事を済ませると十時だった。

「行ってきます」

彩のこぼれるような笑顔に玄関先で雄吉は彩の手を強く握り締めて言った。

「気をつけて行ってきなさい」

雄吉の手を離し、ドアの外に出ると何とも言えない解放感があった。エレベータで一階に降り、エントランスを出て通りの信号を渡り、地下鉄みなとみらい駅の入口に入る。

紙袋を胸の前に抱いて電車を待った。

電車はじきに横浜駅に着き、ダイヤモンド地下街にある都銀の窓口に並んだ。番号札は十番目だった。伝票に一千万円の入金額を書き入れる。彩の番号札が呼ばれ、窓口に進むと、新人の女性行員だった。しばらくして名前が呼ばれ、記入された通帳が差し出される。

「ありがとうございました。ところで結城さま、少しお時間よろしいですか」若い行員は笑顔で言い、彩がためらっていると、「こちらにどうぞ」とパーティションで仕切られたブースに案内した。そこにはベテランの女性行員がいて、「初めまして鈴村《すずむら》です」と言い、ファイナンシャルプランナーと書かれた名刺を差し出した。

「あのー、急ぎますので」

彩は席を立とうとする。

「富裕層の方にお勧めしている商品がございまして、その説明だけでも聞いていただけないでしょうか」

と行員は熱心に勧誘する。

「ごめんなさい。ほんとうに急いでおりまして、この次にでもうかがいます」

なおも笑顔で話しかけてくる行員をふりきり、彩は都銀をあとにした。雄吉が待っていると思うと気が気ではなく、地下鉄に飛び乗り、みなとみらい駅で降りると急ぎ足でマンションに戻り、「ただいま帰りました」と玄関で大きな声を出した。

「遅いじゃないか」

リビングのソファで眉間に皺をよせて座っている雄吉の顔がさらに険しくなった。

「銀行の窓口が混んでいました。すみません」

彩は頭を下げた。

「逃げたのかと思ったよ」

「えっ」

耳を疑うような言葉に絶句する。

「そんなことはできないね」

雄吉はムスッとしている。

「何をおっしゃっているんですか」

「今後はねえ、僕に不審を抱かせるような行動は慎んでくれないか」

「わかりました」

雄吉が何に苛立ち腹を立てているのかわからなかったが、彩は謝った。

しばらく気まずい雰囲気が漂う。銀行に入金させてもらったお礼を言うべきだったが、雄吉の思わぬ言動に彩は言いそびれた。

その彩を雄吉はまた咎めるように言った。

「早く食事をつくりなさい。何時だと思っているの」

十二時半だった。

「あのー、すみませんでした」彩は深々と頭を下げた。「なんとお礼を言ったらいいかわかりません」

「お礼！」雄吉の顔色が変わった。「それは僕にたいする奉仕料で、事と次第によっては返してもらうかもしれない」

「何かお気に障ることをしましたか？　遅くなったことは謝ります。出かける前はあんなに優しかったのに、帰った途端私に冷たくされるのはどうしてですか」

耐えられなくて彩は言った。

「病気になると、人間は疑り深くなるんだ。言い訳はいいから、早く食事をつくって」

言い過ぎたと思ったのか、雄吉はぎこちなく微笑んだ。

「食べたいものがあればおっしゃってください」

「だから、何でもいいから、早くつくりなさい」

彩はキッチンに行き、蕎麦を茹でた。一人前のざる蕎麦がすぐできる。それをテーブルに置いた。

「これだけ」雄吉は不満な顔をした。「自分の分は？」と問い、追い撃ちをかけるような皮肉を吐いた。「外食をしてきたわけではないだろうね」

「あんまりです」

彩は涙声になる。

「マンションも一千万円もお返しします。それで気が済むならそうしてください」

涙が頬を伝って流れる。

「そんな気はないくせに。それと一千万あげて泣かれては立つ瀬がない。この話はやめにしよう」

雄吉は蕎麦を不味《まず》そうに啜ると箸を置き、昼寝だと言って寝室に消えた。

後片付けを済ませ、ソファでなぜ雄吉が怒っているのか考えたが思いつかず、このままでは気まずくなるので、寝室に行きベッドにもぐりこんだ。

しばらくすると雄吉の手が伸び、服を剝がされる。彩は珍しく積極的に雄吉に奉仕する。

満足した雄吉は果てると疲れたのか鼾をかいて眠った。

ベッドを出た彩は寝室のクローゼットをそっと開けて覗いた。衣類が架けてある奥に黒い小型の金庫が置いてある。用心深い雄吉は銀行のペイオフに備えて金庫に現金を仕舞う方法を選択したのかもしれない。プッシュボタンタイプの金庫である。

寝室を出て彩は書斎に入る。机の引出しを開けた。ひとつだけ鍵がかかっている。そこに雄吉は何か大切なものを入れているに違いないと思った。再び彩は寝室に入り、ベッド脇のサイドテーブルをそっと開けると鍵があった。書斎の机の鍵のような気がしたので、それをつまみ書斎に戻って引出しの鍵穴に突っ込むと開いた。中に通帳と印鑑が入っている。通帳をめくると、七千万円が一年前に引き出されていた。マンションを購入したのは二年半前である。鍵を閉め、寝室に戻りサイドテーブルの中に鍵をしまおうとしたら、底にステッカーが貼ってあり、その上にシールがついている。不自然に思った彩はシールをめくった。するとその裏にボールペンで八桁の番号が書いてあった。これこそ金庫の暗証番号ではないかと思い、急いで携帯電話のメモ欄に番号を記録した。

4

十月三十日の金曜日、NK細胞の三回目の投与日であった。

雄吉の介護に来て一ヶ月が経過したことになる。この一ヶ月は彩にとって、十年の結婚生活にも匹敵する重みと変化を感じた。一年前の夜、夫から突然離婚を切り出され、修復できないと覚悟した彩は、逆に夫を見限ったのだった。

それと同じような変化を彩は雄吉から感じ取った。男の心の変化である。その原因は自分にあるのだろうが、それが何かはわからない。日ごとに元気になっていく雄吉は彩の体を求めはしたが、以前ほど会話もなく行為が済めば別々に居ることを望み、夜間彩がマンションに居ることで雄吉は安心した。

　みなとみらいの通りで彩がタクシーを停め、雄吉と新横浜のクリニックに行く。タクシーの中の雄吉は無言で目を瞑っていた。午前十時前に受付に着き、採血と肺のＣＴを済ませ受付で待っていると、十時半に院長室に呼ばれる。

　ＣＴ画像を点検していた山口院長の声が弾んだ。

「ここのがん細胞が消えていますね」

　雄吉と彩は画像を食い入るように見つめた。たしかに前の画像とくらべると、白くなっていた部分がぼんやりとしている。

「いいですね。こんなに早く効果が出るのは珍しいですよ」院長は感嘆した。「一クール六回投与すれば、劇的な効果が期待できるかもしれません」

「ありがとうございます」

　雄吉の顔に生気が満ち、笑みがこぼれる。

「それでは三回目の点滴投与を受けてください」

　個室に移動し、リクライニングシートに横たわって点滴の投与を受ける雄吉の顔には、微《かす》かな笑みが終始こぼれている。椅子に座って点滴の様子を見ていた彩の気持ちは複雑だった。

帰りのタクシーで雄吉は饒舌だった。

「やはり免疫細胞療法は効く。そういう予感がしたが、事実になった」

「はい」

「完治したら君は命の恩人だよ」

彩の手を握りしめた。

「友野さんの生命力が強かったのです」

「でも、免疫細胞療法を教えてくれたのは君だ」

そんな話をしていたら、タクシーはみなとみらいのマンションに着いた。またお昼になる。昼食だった。最近の彩は料理をする気が失《う》せていた。日ごとに支配的になっていく雄吉に違和感をもつようになった。がんを怖がる雄吉は憎めなかったが、生きる自信を強める雄吉は疎ましかった。

「今日は、何か美味いものをつくってよ」

「何がいいのですか」

「献立を考えるのが君の仕事じゃない」

「わかりました」

彩は返事をし、予《あらかじ》め考えていた親子丼にする。十分もあればできるからだ。煮汁に鶏肉と玉葱のスライスを入れ、溶き卵をかけて丼に移す。ミツバをのせれば上等な親子丼だ。雄吉は丼ものが好きだったから手抜きしたとは言わない。

そして食後はいつもの午睡である。彩はその日の午後、故障した蛇口《じゃぐち》の修繕を理由に野毛坂のマンションにタクシーで戻った。夕食までには帰ってきますと雄吉には言った。

インターネットで注文し、配達を指定した品物が自宅近くのコンビニに届いている。品物を受け取って帰宅すると、彩は小箱を開け、中身を取り出した。それは塩化カリウムの溶液が入った瓶と注射器セットであった。塩化カリウムの説明書を何度も読み直し、針をセットした注射器に水を入れて実験をしてみた。注入できる手応えを感じた。箱を包装してバッグに仕舞い、マンションを出て通りでタクシーを停め、横浜駅に向かった。デパートの食品売場に寄り、最高級の舌平目《したびらめ》を二匹買い、サラダ菜とワイン売場でシャブリを求めた。

マンションに戻ったのは四時だったが、雄吉の口許はほころび機嫌がよかった。

「早かったね」

「すみませんでした」

「家の用事は仕方ないよ」

「美味しそうな舌平目があったので買ってきました。それと白ワインも……経過がよかったのでたまにはワインでもどうかなと思って……」

「うれしいね。いいねえ、今夜はパッとやろう」

雄吉は満足そうな顔をした。

万が一中身を雄吉に見られるとまずいので、バッグを普段置いているソファの脇ではなく、手許に置いた。それからバスタブに湯を満たし、早めの入浴を勧めると、雄吉はうれしそうな顔をして脱衣した。湯船の音をたしかめた彩は寝室に入ると手袋をしてクローゼットを開け、携帯電話に登録しておいた番号を見ながら金庫のプッシュボタンの番号を八桁押してみた。それから取っ手を触ると金庫は開いた。中に札束が隙間なく積んである。百万円の札束が五十個以上あることを確かめると金庫を閉めた。

雄吉の入浴はいつもより長く、洗髪して髭を剃っていた。

「ああ、さっぱりした」

さわやかな顔をしている。眉間の皺ものびて表情がやわらかい。

「少し早いですけど、夕食にしますか」

「そうだね、ワインでも飲みながら、ゆっくりやろうか」

「はい」

シャブリで乾杯した。

「おめでとうございます」

「いや、まだわからないけど、ありがとう」

緊張して喉が渇いていた彩は一気にグラスを空ける。雄吉は少し口をつけただけで、彩のグラスにワインを注いだ。

「おみおつけを温めます」

キッチンのＩＨに味噌汁の鍋をのせる。片方のお椀に雄吉の睡眠薬錠剤をつぶした粉を入れ、そこに味噌汁を注ぐ。リビングのテーブルにお椀を運ぶと、雄吉はうまそうに味噌汁を飲み、彩は悠然とシャブリを味わった。

「この舌平目はうまいよ」

バターでしっとりと焼いた舌平目である。その夕方の雄吉はまことに機嫌がよく、マンションの話もお金の小言も言わなかった。

「昼寝をしなかったから、なんだか眠くなった」

欠伸をした。

「お風呂のあとにワインを召し上がられ、病院の疲れも出たのでしょう。お休みになりますか」

「そうだね。先に失礼するよ」

雄吉は彩を促すこともなく寝室に行った。

急いで食器を洗い、バスタブの湯を抜いて部屋に掃除機をかけ、気のつくところはすべて雑巾で拭き取り、小一時間が経った。

寝室から雄吉の鼾が聞こえる。彩はバッグから注射器と塩化カリウムの溶液を取り出し、寝室のサイドテーブルに置いた。雄吉の左腕を取ると一瞬鼾が止まったが、腕はだらんとして反応はない。点滴を施した静脈の痕《あと》に、塩化カリウムの溶液を満たした注射器の針を刺し込む。雄吉の体がぴくっとする。一回抜いて、もう一度針を挿入するとうまくいく。

ゆっくりと注射筒を押しながら溶液を流し込む。

静脈から針を抜くと彩はウエットティッシュで腕の血を拭いた。僅か三十秒。雄吉は安らかに眠っているように見えた。

それから手袋をはめると彩はクローゼットを開けた。雄吉の静脈に注射をするときには静かだった鼓動が金庫を見ると高鳴った。プッシュボタンを八つ押すと汗が出た。取っ手を回すと百万円の札束が彩を待っていた。泊まるために持参しているキャリーバッグに五千万円を詰め、一千万円を残した。今は一刻も早くこのマンションから離れたかったが、サイドテーブルの中のステッカーを剝がしてバッグにしまうことは忘れなかった。証拠になるものは消しておきたかったからだ。

第四章

1

十月三十一日土曜日午前九時、二十畳の広いリビングを清掃していた友野糸子《いとこ》は掃除機のスイッチを切り、コールを繰り返す電話に出た。相手は村井と名乗り、雄吉の介護の世話をしている会社のケアマネジャーで、今朝マンションを訪ねたヘルパーから、インターホンで呼び出しても、携帯電話にかけても応答がないとの連絡があったと、雄吉の異変を心配する電話であった。

「あなた、代わってください。お父さまになにか異変があったようです」

リビングで新聞を読んでいる夫の由紀夫を促した。

読みかけの新聞をテーブルに置くと、妻から受話器を取り、名前を名乗った。

「弊社の介護員から雄吉さまの異変を知らせる連絡がありました。恐縮ですが、みなとみらいのマンションに急行願えませんか？」

落ち着いた中年女性の声がした。

「つまり、応答がないのですね？」

由紀夫の確認に先方が答えたので、すぐ対応しますと返答して電話を切り、雄吉の携帯電話番号の短縮ボタンを押した。呼出音が何回も鳴ったが応答がないので、由紀夫はジャケットを取り出し、妻に父親のところに行くと言い残して車庫に向かった。

三ツ沢《みつざわ》の自宅から高速に乗るとみなとみらいまで十分とかからない。シルバーのベンツSクラスを発車させ、三ツ沢ランプから高速に入り、みなとみらいランプで降りてマンションに急行する。来客用の駐車場に駐車し、由紀夫はエントランスに向かって駆けた。

エントランスのドアのそばで野毛町のうなぎ屋に雄吉と一緒にいた女性が心配そうに様子をうかがっている。

「ウエルネスのヘルパーの方ですか」

「はい、結城と申します」

由紀夫はＩＣカードをセンサーにかざし、ドアを開ける。

「一緒に来てください」

由紀夫が言うと女性は後ろに従った。エレベータに乗り、十五階のボタンを押す。

「昨日も父のところに来られたのですか」

エレベータは二人だったので由紀夫は訊いた。

「参りました。いつものように夕方五時にご挨拶して辞去しました」

「具合は悪くなかったですか」

「いえ、日頃と変わりなく、とくに容態の変化は感じませんでした」

十五階に着くと、由紀夫は十二号室に向けて小走りに駆けた。センサーにカードをあて、ドアをひっぱり、スニーカーを乱暴に脱ぐとリビングを目指した。雄吉がいなかったので寝室のドアを開けたが部屋は暗く、後ろに従っていた彩が照明のスイッチを押す。

雄吉は枕に頭をつけ上向きで寝ていたが顔には血の気がなかった。

「お父さん！」

由紀夫は叫び、雄吉の体を揺すったが、びくともしない。

「救急車を呼びましょうか」

彩は由紀夫を促した。

「お願いします」

彩が携帯電話で救急車を要請《ようせい》している脇で、みなとみらい総合病院を呼び出した由紀夫は、主治医の杉下医師に緊急搬送の了解をとりつけている。

間もなく玄関のドアホンが鳴り、二名の救急隊員がマンションに担架《たんか》を持ち込んだ。寝室に入ると雄吉を担架にくくりつけ、「これは厳しい」と背の高い隊員が叫んだ。

「みなとみらい総合病院に搬送してください」

由紀夫が隊員に告げ、マンション一階まで下り、ロータリーに駐車している救急車に彩も乗り込む。みなとみらい総合病院はすぐそばである。病院の緊急搬送口から運ばれた雄吉を診察室のベッドで確認したのは杉下医師だった。

「十時十五分、死亡確認。ご愁傷《しゅうしょう》さまです」

雄吉の瞳孔《どうこう》にライトをあて、型通りの儀式を済ませる。

「死因は何でしょうか」

覚悟していたとはいえあまりにも呆気《あっけ》ない死に方に由紀夫は消沈した。

「心不全ですね。最近、診察にお見えにならなかったので、病状については何とも申しかねます。ご不審なら解剖されますか」

杉下は由紀夫と彩に告げた。

「たしか年末ごろだと先生からは言われていましたが、少し早すぎませんか」

由紀夫は杉下に問い質《ただ》した。

「脳に転移があり、他の臓器にも転移していたかもしれません。がん細胞の増殖は心臓にも負担がかかります。ですから心不全を引き起こしても不自然ではありません」

「とにかく、父は助からなかったのですよね」

「残念ながら、時間との戦いでした」杉下は腕時計に目をやった。「死亡診断書をお書きしますか」

内科医である杉下医師の土曜午前中の診療は忙しい。

「……お願いします」

由紀夫の脳裏に苦しまずに死んだ父親を悼《いた》む気持ちが芽生え、いっぽう末期がん患者の壮絶な苦しみの果てに死んでゆく場面を見ずに済んだ安堵もあった。

すぐに雄吉の葬儀のことが由紀夫の頭を占領する。

「ご苦労さまでした」

由紀夫は付き添ってくれた結城彩に礼をのべた。ヘルパーとして父親の面倒をみてくれた女性は感じがよく、雄吉も彼女を気に入っていたに違いなく、その女性に最後を看病してもらい父親は幸せだったかもしれないと由紀夫は思った。

病院で友野由紀夫と別れた彩は地下鉄に乗り、横浜駅西口のウエルネス本社に行くと、村井由紀が駆けよってきた。

「息子さんから連絡があったわ。友野さん、マンションで亡くなっていたのね」

「ええ。みなとみらい総合病院に搬送したのだけど……」

彩の声は徐々に小さくなる。

「毎日介護していた人を失って辛いでしょうけど、彩さんはよく頑張ったよ。お疲れさま、今日はゆっくり休んだほうがいいわね」

事務所で立ち話をしていた彩を社長の薫が呼んだ。打合室に沢村も同席した。

「友野さんの件ねえ、後日面倒が起こるといけないから、病状をふくめ、その他のことも一応聞いておきたいのよねえ。死ぬ直前まで毎日八時間も一緒にいたわけじゃない」

介護現場経験が豊富な諸井薫は会社を設立して間もなく、介護員の不注意で利用者を大怪我させたことがある。幸い命に別状がなく、治療代と見舞金で済んだ。この十年間、スタッフの過失に社長として陳謝したことは数知れない。ある意味ではそれが経営者としての社長の重要な仕事であり、おかげで腹も据わったのだった。とにかくかならず苦情はくる。社長はそれから逃げられないのである。

「急死するような症状はありませんでした」

淡々と話す彩だったが、普段の落ち着きに欠けていた。

「彩さんを追及するわけではないから、聞き流してもかまわないけど、友野さんから性的な要求などがもしあったとしたら聞かせてほしいの」

「なにも、そこまで聞く必要はないと思うけどねえ」

専務の沢村が口を挟む。

「いえ、お話ししておきます。たしかに、友野さんからそういうお話がありました。同情して一度添い寝をしました。そのとき悪戯《いたずら》をされたので、介護の仕事をお断りしたのです」

「ああ、あのときにそんなことがあったのか」

思い出したように沢村がつぶやく。

「正直に言います。私は友野さんに凌辱《りようじよく》されました」

「えっ、凌辱されたって！　どういうことなのよ？」

薫の顔色が変わった。

「私も悪かったのです。友野さんにみなとみらいのマンションをやると言われ、最初は受け流したのですが、それはしつこく迫られました。それで、やむなく承諾したらマンションはいただきましたが、ひどい仕打ちを受けました」

彩の話に驚いた沢村は問い質した。

「結城さん、遺族がマンションの件で会社を訴えてくるかもしれないから、そのいきさつを詳しく聞かせてもらえないかな」

沢村は腕を組み、彩を見つめて訊いた。

「専務の言うとおり、これは会社の問題になるわ。商売は信用第一でしょ。遺族は病人を色仕掛けで騙したとかなんとか言ってくるのよ。つらいでしょうけど、正直にすべてを話してくれない。そうしてもらわないと、会社としても対処できないのよ」

彩のせいにして事が済む話ではなかった。

「会社にご迷惑をおかけしては申し訳ないので、すべてお話しします」

そう言うと彩は、雄吉の凄まじい性欲に苛まれていたことを訴え、いっぽう免疫細胞療法を薦め新横浜のクリニックに通っていたこと、その効果には可能性があったことを話し、マンション譲渡後はオナニーの強要など異常性欲の事実を強調した。だが、雄吉から一千万円もらったことと金庫から五千万円を持ち出したことは黙っていた。

薫は厳しい顔をし、いっぽうの沢村は顔をゆがめて話を聞いていた。

「マンションの名義変更登記は完了しているわけね」

「私の名義にはなっていますが、売買契約なので代金未払いで返還することになるかもしれません」

「契約したときに立会人は誰かいたの？」

沢村が不明を衝《つ》いた。

「友野さんの会社関係者で、司法書士の鳥居さんという方におまかせになり、私は、鳥居さんが作成された書類にサインと捺印をしただけです」

「長男の会社の司法書士が立ち会っているわけね。でも、なんか厄介な話になりそうだわ」

薫は嘆息した。「だけど、病院に搬送したのは正解よ。マンションだと不審死扱いになってたわ。ところで、みなとみらい総合病院に搬送したのは彩さんなの？」

「私が救急車を呼び、長男の由紀夫さんが病院を指定されたのです」

「それで、解剖はしなかったわけね」

「はい」

「いずれ、先方が何か言ってくるわ。ところで彩さんは、これからどうするつもりなの？」

「しばらく、自宅に居ます。私のことで会社に迷惑がかかるようでしたら、社員登録を抹消してください」

「そんなことは心配しなくていいけど、あなたもマンションをもらっただけのことはしたわけじゃない。それよりも、末期がんの父親を独りにさせるほうが酷だわよ。それで今度は、死んだ父親のことよりもマンションの件をもちだしてくるのよ。ああ、いやだ、いやだ」

　薫は嘆息した。

「先方の対応は僕がやるから、彩さんは自宅に居ていいよ」

「専務の言うとおりにしなさい。わかったわね、彩さん」

「はい」

彩は二人に頭を下げた。


一週間後の十一月七日土曜日、ウエルネスに友野由紀夫から電話があった。結城彩あてにかかってきた電話だったが、沢村が対応した。

「みなとみらいのマンションを売却したいので、結城さんに連絡してください。明日午前十時に御社に出向きますのでよろしく」

相手の話は聞きたくないと言わぬばかりの電話だった。

沢村がそのことを社長に伝えると、薫の顔色がみるみる赤くなった。

「何様よ。冗談じゃないわよ。私も同席しますからね」

丸顔の口が尖《とが》っている。

「マンションの売却には彩さんの同意が必要というわけか」

「何が言いたいのよ。女性ヘルパーに手を出すスケベ爺《じじい》の唯一のプレゼントじゃないの。返す必要などないわよ」

「でも先方は、売買契約の不履行を衝くつもりだ」

「それがどうしたのよ。女性の立場から言えば、それは行為の代償じゃない。あくまでもプレゼントですよ」

「プレゼントなら贈与税がかかる」

「そんなことはどうでもいいから、先方が来たときに話しましょう」

「了解」

沢村は社長の席を辞して管理部門の席に戻ると、彩に電話をした。

「結城です」

低く沈んだ声である。

「友野さんの長男からマンションを売却したいと連絡があってね、彩さんの同意を得たいそうだ。明日会社に来るけど、僕が代わりに先方の言い分を聞くことにした。それで、いいね」

沢村は一気に喋《しゃべ》った。

「よろしくお願いします」

彩の言葉は少なかった。沢村は彩と食事をしたい衝動にかられたが、会社だったので電話を切った。

　翌日の十一月八日日曜日の午前十時、横浜駅西口のウェルネス本社に友野由紀夫は常務の松崎隆を連れて来た。応接室に通して社長の薫と専務の沢村が応対する。名刺交換と挨拶が済み、席につくやいなや由紀夫は首をかしげ不満気に訊いた。

「結城さんはどうされたのですか？」

「結城は介護の仕事で出かけておりますので、ご用件は私どもでお伺いします」

　毅然と薫は返答した。

「ひどい話だ」由紀夫は呆気にとられた顔をした。「お宅たちは、病気の老人を介護という名目で騙して物件金品を強奪《ごうだつ》した社員を隠すのですか」

　薫の顔が引きつり、表情が険しくなる。

「結城が何をしたというのです」

「あなたたちも法人としての責任は免れませんよ」

「なんですって！　言葉に気をつけなさい。何様のつもりですか」

「何様とは、無礼じゃないか！」

　由紀夫の顔が紅潮する。

「冷静に話をしませんか。よろしくお願いします」

　連れの松崎が割って入る。

「結構です。お話をお聞きします」

沢村は冷静だった。

「ここにマンションに関する契約書があります。これは弊社会長の友野雄吉と結城彩さんとの間で交わされたものです。作成代行者は弊社関係者である鳥居司法書士です。これがそのコピーで、結城さんの署名・捺印があります」

松崎は薫と沢村にコピーを差し出した。

「第一項に、本件マンションは売買契約により結城彩さんに名義変更する旨の記載があります。その条件として第二項に、結城彩は生涯友野雄吉の面倒をみることとあります。問題は第三項です。第二項の約束不履行の場合、マンションは友野雄吉に返却される旨が記載されています。約束不履行の定義ですが、友野雄吉の死亡で免責されるとの記載はありません。ですから、雄吉死亡により世話ができなくなった現在、マンション返却を遺族が求めるのは当然の権利だというのが私どもの主張です」

黒縁眼鏡の似合う松崎隆は契約書の条項を説明した。

契約書のコピーを見つめていた沢村が応戦する。

「死亡による免責なしという解釈はご都合主義ではありませんか。つまり、第二項にある生涯友野雄吉の面倒をみるというくだりですが、生涯とは死亡をもって完結するというのが一般的でしょう。ですから、松崎さんのご指摘は納得しかねます」

「そういう解釈が成り立つかもしれません。しかし沢村さん、第四項を見てください。毎月の手当てからマンションの代金を支払うとありますね。これは完結されてないわけですから、本件は売買契約不履行ということになりませんか」

松崎は穏やかで丁寧な言葉使いをした。彼は本件をビジネスと割り切っているような気が薫にはした。

「小難しい法律的解釈を云々《うんぬん》する前に、うちの結城に友野会長がなぜマンションを譲渡されたのか、そこのところをお話ししませんか。理由はともかく、二人は男女の関係にあったと結城からは聴いています。ですから、マンションの一つや二つプレゼントしてもらっても不思議はないじゃありませんか。そこで男女が交わした覚書のような文書に、めくじらを立てるのはいかがなもんですかねえ」

松崎のおかげで薫は冷静さを取り戻し、沢村の援護をした。

意外な薫の反撃に今度は由紀夫が激昂《げっこう》する。

「マンションだけじゃなくて金庫のお金も強奪されてるんだよ。銀行のペイオフに敏感だった父は退職金の大半を自宅金庫に保管していた。開けたら一千万円しかなかった。最低でも五、六千万はなくなっている。これって盗人《ぬすっと》じゃないの。いいですか、そういうヘルパーをお宅は雇っているんだよ」

　一年前に七千万円が引き出された預金通帳をひろげ、由紀夫はそこを人差し指でトントンと叩いてみせた。

「強奪とか盗人とか、なんてひどいことを言われるのです。結城が金庫のお金を持ち出したという証拠でもあるのですか。どういう金庫か知りませんが、暗証番号がわからなければ開かないのではないですか。それと、マンションの件ですが、残念ながら会長が亡くなられた現在、当事者でもない人間同士がいくら議論しても埒があきませんよ」

　松崎のほうを向いて沢村は言った。

「そのようにおっしゃるのであれば私どもにも言い分があります。結城さんとは私も一度野毛のうなぎ屋で会長と一緒のところをお会いしており、きれいな女性だと思いました。あとでヘルパーさんと聞き、会長はいい方に巡り合えたと喜んでいたのです。社長もそう思われていたようで、それで会長に異変があった朝も結城さんはマンションの前で心配そうに立っておられ、みなとみらい総合病院に搬送したときも付き添われ、会長は死亡していましたが結城さんには感謝していたので、解剖など考えもせず葬儀を終えました。しかし、その後に判明した事実を総合すると、殺人および現金強奪の可能性も否定できないのです。穏やかに話していますが、事と次第によれば、警察の捜査ならびに民事訴訟ということも考えています。よろしいでしょうか」

松崎は口許に笑みを浮かべた。

「冗談じゃないわよ。末期がん患者の面倒を他人にみさせておいて、殺人だとか、現金強奪だとかよくそんなことが言えますね。お亡くなりになった弊社利用者を傷つけたくなかったのですが、うちの結城は女性としての尊厳を汚されたうえに、マンション譲渡を条件に友野さんに凌辱されているのですよ。これは罪にはならないのですか。それなのに警察に通報するとか、民事訴訟とか脅すならやってみなさいよ。こっちも対抗しますよ」

薫の血相が変わった。

「私どもは結城さんと直接お話がしたくて参ったわけでして、御社をどうのこうのと言うつもりはありません。御社の顔を立ててお話し申し上げているだけで、御社がそこまで言われるのであれば今後は結城さんと話し合いをします。了解だけはしておいてください」

雄吉の性癖を熟知していた松崎は慇懃《いんぎん》だった。由紀夫は隣で笑みを浮かべている。

「結城と話されるのは一向にかまいませんが、一対二の話はやめましょう。友野さんと結城二人が話されるのは結構ですが、松崎さんが同席される場合は、私も同席させていただきます。よろしいですね」

沢村は二人に念を押した。

「ええ、結構ですよ」

答えたのは松崎隆だった。

2

「厄介な話になったわねえ」

二人が帰ると薫は専務に愚痴った。

「金庫にあった金額の証拠などないし、それに、これから死因を調べるのも無理だろう。先方は脅して、こちらの反応を見に来ただけだよ」

「死因なんてどうでもいいけど、それよりも、マンションはどうなるのよ」

「マンション？　契約書があっても勝手に売却できないから、先方は彩さんを説得するしかないだろうな」

「だけど、彩さんが拒否したら、どうするつもり？」

「売買契約不履行で訴えるしかないなあ」

「同席するとか言ってたけど、専務に何か考えでもあるの？」

「先方の出方次第だが、対抗手段はある」

「証拠がないと押し通すつもり……」

「いや、すべて友野雄吉のせいにすればいいんだよ。さすが社長だなあと思って聞いていたけど、本件の被害者は彩さんなんだよ。すべてを性的強要にすりかえればいい話だ。マンションだって、その見返りだろう」

「でも、あの松崎という常務、手強《てごわ》そうじゃない。さっき専務は彩さんを松崎から護《まも》るような言い方をしてたけど、本気でそんなこと考えてるの？」

薫は皮肉っぽく笑った。

「社長こそ、必死に弁明してたじゃないか」

「会社が訴えられると厄介だから、釘を刺しただけよ。彩さん個人の問題なら、会社は関与しないほうがいいわね」

「わかってるよ」

薫の前で彩の個人的擁護はしないほうがいい。

沢村は廊下で彩に電話を入れ、友野由紀夫と松崎という常務が会社に来た顛末《てんまつ》を告げたあと、その話で夕方会えないかと訊いた。彩の反応は早く、野毛坂のコーヒーショップで待ち合わせることになった。

六時前から沢村はそわそわし、友人と約束があると言い訳して出かけたので、薫は彩に会いに行くのだと直感した。それで彩に電話をかけ、友野由紀夫が会社に来たことを簡単に話し、専務から何か連絡があったかと聞くと、彩はその件で専務と今から会うことになっていると告げる。彩が正直に話したので、薫は思わず笑みがこぼれ、二人で対策を話し合うようにと伝える。ありがとうございますと彩は薫に礼をのべた。

コーヒーショップで待っていると、少し遅れて沢村が来る。トレイにコーヒーを載せて席についたが、そわそわして落ち着かない様子だ。

「どうされたのですか」

「ここは人目もあるし、マンションで話さない？」

「さきほど社長から電話がありました。専務が私と会っていることをご存じでしたよ」

「君がそう答えたからだろう」

「専務の行動は社長に読まれています。態度でわかるんですね」

「それはもういいよ。それよりも、マンションと金庫にあった金を君に強奪された、告発も辞さないって友野由紀夫が言ってきた」

「告発って、検察か警察に申し出ることでしょう」

「事と次第によると思うけど、彼らはこのまま黙ってはいないだろうね」

「彼らって、友野由紀夫さんじゃないんですか」

「松崎という常務だがね、こいつは手強い。君では太刀打ちできそうもない」

「裁判でもするつもりでしょうか」

「その前に、君に会いに来るだろうね」

「由紀夫さんがですか」

「いや、松崎が来るかもしれない」

「その松崎という人、どんなふうに手強いのですか？」

「獲物を絶対に逃さない奴、獲物がいない場所には現れない男だ」

「専務に同席していただいたほうがいいですか」

「そうだね」

沢村は童顔をほころばせ、彩の手を取った。

「では松崎から連絡があったら専務に伝えればよろしいのですね」

「そのほうがいいだろう」

「わかりました。今夜は早く帰られたほうがいいです。長く居ると社長に疑われますから」

「わかったよ、そうするよ。じゃ、またね」

沢村はあきらめ、コーヒーショップをあとにした。

翌十一月九日月曜日の朝早く、彩はみなとみらいのマンションに行った。ＩＣカードをかざしてエントランスのドアを開け、エレベータに乗って十五階で降り、十二号室のドアを開ける。中に入ると、部屋の様子は一変していた。みごとなまでに何もなく、雄吉の面影は消えていた。それこそ雄吉の死の証明だった。あのダブルベッドも、書斎の机も、リビングのソファもなく、目を瞑ると鮮やかにそれらの光景が浮かぶ。それほどに毎日この目で見、この手に触れ、清掃に明け暮れた部屋である。部屋は別にして、雄吉の臭いが染みこんだあらゆるものがきれいさっぱりなくなり手間がはぶけたとも言えた。これからこの部屋に住むのだ。だが、絶対に使いたくないものがあった。バスタブである。思い出すと屈辱に顔が火照る。バスタブは施工業者に取り換えてもらうつもりだった。

むきだしの窓を開けると、波静かな横浜港の海が朝日にきらきらと光っている。美しい光景である。そのとき、携帯電話が鳴り、番号を見ると知らない番号だったが、予感がしたので着信ボタンを押した。

「結城さんですね」

低く重い声だった。

「はい」

「友野の会社の松崎といいます」

「ご用件は？」

「今、みなとみらいのマンションですよね」

彩の心臓が騒いだ。

「昨夜は沢村専務と野毛坂のコーヒーショップでご一緒でしたね」

「私を見張っておられたとか？」

「それほどひまではありません」

「じゃあ、誰が見張っていたんですか」

「誰でもいいことです。私は事実だけを申し上げています。これで、あなたがマンションのＩＣカードをお持ちであることが判明しました。そのほかにも、調べたことがいくつかあります」

昨夜、沢村が松崎のことを手強いといった意味がわかった。

「そうですか。お調べになるのは勝手ですけど」

彩は松崎の反応をみた。

「提案があります。今から私と会いませんか」

「断ったら」

「無理です。私はマンションのドアの前にいます」

ドアが開き、松崎は革靴のままリビングに入ってきた。大きな顔に黒縁眼鏡をかけ、長身で肩幅が広い筋肉質の男である。

「松崎です。一度野毛のうなぎ屋で会いました」

「そうでしたか。失礼しました」

「面倒はやめて、取引しませんか」

互いの距離が微妙な立ち話だった。

「取引って、何のことですか？」彩は首をかしげ詰問した。「それと部屋を急いで片付けられた理由はなんですか」

「早く転売したいからです」松崎はにやりと笑い、すぐに顔を引き締め、「このマンションを売りましょう」と語気を強めた。

「いやです」

彩は強く反撥した。

「じゃあ、仕方ない、裁判にしますか」

松崎は脅した。

「父も死に、母も死にました。夫とも離婚し、もう私には家族はいません。私はこの世にたった一人で生きているんですよ。守るものがないから、怖いものなどありません。友野さんには父親を感じました。離婚後、ヘルパーをしてどん底の生活にうちのめされていたときに友野さんが現れたのです。介護のお世話をして、そのお礼にマンションをいただきました。それの何が悪いんですか。しかも私は父親のように思っていたその友野さんに凌辱されたんです。場合によっては死者を訴えますよ」

彩の思わぬ反撃に松崎は一瞬黙った。それから、わざとらしく笑って言った。

「こっちは殺人で告発することもできるのです。新横浜のクリニックで調べてきましたが、会長は回復しかけていたようですね。心不全で亡くなったと告げると、院長は驚いていましたよ」

「そうですか。でも老人がセックスのあとで心不全を起こしても不思議はないんじゃありませんか。それに相手は末期がん患者ですよ」

「なるほど、会長はセックスのあとで死んだわけですか」松崎は苦笑した。「それは別にして、あくまでもマンションを手放さないと言い張られるのであれば、売買契約不履行で提訴するしかないですね」

澄ました顔で松崎は威嚇《いかく》する。

「どうぞ、存分にやってください。もう一度言いますが、私には失うものは何もありません。脅しても無駄です」

そう言うと、彩は玄関に急いだ。

松崎は彩を追いかけてはこなかった。

野毛坂のマンションに戻ってしばらくすると、また携帯電話が鳴る。着信ボタンを押して黙っていると、「結城さんですよね、友野です。いま話、よろしいですか」

友野由紀夫だった。

「はい」

彩の返事は低く無愛想だった。

「午前中は松崎が失礼しました。まことに恐縮ですが、今日の午後、時間を都合願えないでしょうか」

丁重な優しい声である。

「ご用件をおっしゃっていただけませんか」

マンションか金庫にあった現金の話に違いなかったが、それならわざわざ会うことはない。電話で話せば済むことである。

「鳥居司法書士が結城さんに話があるそうです」

「ですから、用件をおっしゃってください」

「裁判か和解かという話です」

「和解など考えていませんので、どうぞ裁判でも何でもしてください」

「強情な人だ」

携帯から由紀夫の溜息が聞こえた。

「失うものなどないと開き直られては始末に負えない。それなら会社を訴えますよ。あなたと話しても埒があきませんからね」

「私は会社を辞めましたから、もう会社とは関係ありません」

「社員が事件を起こせば、会社が責任をとるのは常識です。会社に損害を賠償させるだけだ」

友野由紀夫の口調は強かった。

電話を切った彩はすぐに沢村に連絡し、松崎との経緯と由紀夫の電話内容を伝えた。

「君を張込んでいる奴がいた。探偵か社員か、そんなところだろうが、いずれにしろ訴えるつもりなら、わざわざ相手に連絡しないだろう。君と取引したくて脅しているだけだ」

「会社に迷惑はかかりませんか」

「証拠もないのに推測で訴えることはできない。警察に告発することぐらいしか思いつかないよ。心配しなくていいんじゃない」

動揺しない沢村を彩は頼もしいと思った。

「ただ、売買契約不履行で裁判はできる。しかし、当人が死亡したわけだから、請求権があるかどうかは判然としない」

「助言いただき、ありがとうございました」

電話を終えた彩は、みなとみらいヒルズへの引っ越しを決意した。

その日に野毛坂のマンションの解約手続きを終えると、午後再びみなとみらいに行き、2LDKの各部屋の寸法を測り、ノートにスケッチした。何もない部屋は殺風景で寂しく、雄吉の臭いも消えていたが、雄吉との一ヶ月に及ぶ日々を彩はおぞましく思った。それにしても出会った人間の運命などわかったものではない。雄吉にも彩にも思惑など最初はなかったのだ。次第に互いの欲が交錯しただけのことだ。

彩が訪れたのはみなとみらい中央にあるグランモール商店街の家具屋だった。案内受付でみなとみらいヒルズの部屋の話をすると、中年の女性店員が現れ、家具調達の話が進む。みなとみらいヒルズの部屋の間取りと寸法を家具屋は知っていて、交渉は早かった。家具はすべて真新しいものにしようと彩は思っていた。

「シンプルモダンでホテルっぽいインテリアにして、色彩は白と黒のモノトーンというのはいかがでしょうか」

黒のスーツの胸に飯島《いいじま》という名札をつけた小柄な中年女性が目を輝かせて言った。

「いいですね」彩はうなずく。「これから家具と調度品を見立てていただけませんか」

「ご予算はいかがいたしましょうか」

店内の打合せコーナーで商談になる。コーヒーが運ばれてくる。

「二百万ぐらいでお願いします」

彩の頭に思わず雄吉が配置した家具が浮かぶ。寝室にダブルベッドとサイドテーブル、リビングにソファと低いテーブルにテレビ台。書斎にしていた部屋は重厚な机と椅子に本棚だった。彩はその部屋を多目的室にしようと思う。ノートパソコンでの作業、CD鑑賞にストレッチ、それもDVDを観ながらエクササイズするのだ。

「私のほうでお薦めする家具をご案内いたしますので、お値段ともあわせ、ご検討願えれば幸いです」

飯島に各階に置かれている家具を見せてもらい、その高額な値段に彩は驚いたが、ベッドだけは妥協しないものを選んだ。見積価格からディスカウントしてもらい、想定額の範囲に納まり購入を決断する。配達が十日後に決まり、今度はスーパーで日用品を買い求め再度マンションに戻った。

午後三時。カーテンのない部屋は十一月の薄い陽射しを受けていた。床にワックスをかけて磨き、窓ガラスの汚れを拭き取り、ベランダを掃除する。そうやっていると自分の体を洗うような愛おしさを感じるのだった。

そのとき、玄関のドアを開錠するカチッという音がした。洗面所で手を洗っていた彩は侵入者に身構えた。

「こんにちは」

女性のパンプスを見た侵入者は大声で挨拶し、部屋には上がらず玄関に立っていた。松崎隆だった。今日二度目である。

「また尾行されていたのですね」

うんざりした声で彩が言う。

「今度は私の話を聞いてもらいたくて来ました」

松崎の様子は午前中とは違い、威圧感が消えている。

「何度お話ししても変わりませんよ」

何もないマンションで男と立ち話をするつもりはない。しかし、ＩＣカードがあるかぎり松崎はいつでもマンションに侵入することができる。ＩＣカードの所有について、この際決着をつけなくてはならない。

「マンション一階にゲスト用のカフェがあるのですが、そこであれば少しお話を聞いてもかまいません」

松崎が黙っていたので彩のほうから誘い、部屋を出て一階のカフェに行く。

注文したコーヒーを飲みながら松崎は黒縁眼鏡越しに彩を見たが、口は開かない。

「では、私のほうからお願いしてよろしいですか」

「どうぞ」

何かあったのではないかと疑いたくなるほど午前中とは違い素直だった。

「そちらでマンションのICカードを二枚お持ちになっているはずですが、私に譲ってもらえないでしょうか」

「私の話と嚙み合いそうですね。続けてください」

松崎の笑顔を彩は初めて見る。

「とにかくカードを私に渡していただきたいのです」

「渡さなければ、どうされるつもりですか」

「べつに部屋に来られなければかまいませんが、今後来られるようなことがあったら警察に通報します」

「ずいぶんと嫌われたものです」松崎は溜息をついた。「私の意志であなたを追いかけているわけではありませんよ。こんな馬鹿らしいことはやめたいのです」

「社長の指示ですか」

「そうです。成果なしでは引っ込みがつきません」

「成果ですか」

彩は松崎に問うた。

「マンションを売却してもらうか、金庫のお金を返していただくか、何度も申し上げている通りです。社長も相続税の支払いで大変でして、現金が必要なのです」

「成果がなければ、松崎さんは、訴訟されるのでしたよね」

「訴訟は私がするわけではないので、私はあくまでもあなたから何かをもらわなければなりません。これが私のミッションですからね」

「常務がヘルパー女性を尾行するとかもですか」

「部下にまかせていましたが、もうやめさせます」

「私がこのマンションに引っ越してくれれば、あなたは連絡しないでマンションに来て私を監視できますものね。もう尾行も必要なくなる」

彩は微笑む。カフェに他のお客はいない。

「そういう趣味はありませんよ。とにかく、うちの社長の顔を立ててくれませんか」

背の高い松崎は立ち上がり、いきなり頭を下げた。

「会社を訴えると友野社長は私に言われました。松崎さんはどうされるのですか」

「会社を訴えるのは難しいと思いますよ。本件は友野雄吉と結城彩という二人の問題ですからね。会長があなたに騙されたというのが社長の言い分ですが、マンションにしても売買契約で登記がなされており、現金についても金庫の暗証番号がわからなければ持ち出せませんからね。結果としては、マンションの売買契約不履行ということしか残りません。会長の死亡は免責理由にはなりません。相続者がそれを引き継ぐのは正当なことです」

松崎の話は筋が通っていた。

「いつまでも松崎さんに付け狙われるのはたまりませんわ。二枚のＩＣカードを買い取らせてもらいたいのですが、値段を決めませんか」

彩はこの一件を早く片付けたかった。

「社長に確認してから返事させてください」

交渉の糸口ができたのは収穫であった。松崎は思っていた価格を口にはせず、伝票を摑むとカフェを出た。

桜木町駅の近くにある会社に戻った松崎は社長室に直行した。

「それで、カード一枚いくらだ」

報告を聞いた由紀夫はソファで松崎を問い詰める。

「マンションの管理会社に事情を話せば、新しいＩＣカードの発行ぐらい訳ないでしょう。

虫も殺さないような顔をしていますが、結城彩はしたたかな女ですよ。社長、すぐに金額を提示しましょう。これは古いICカードの譲渡という名目の和解ですよ」

「なるほど。言われてみれば、そうかもしれないな。先に常務のほうから交渉できそうな金額を言ってみてよ」

由紀夫は事件にしたくなかった。不況が長く続き、会社は業界の生き残りを賭ける戦いの最中である。雄吉のことを世間に晒《さら》し、お客や社員に知られることは避けたい。これはあくまでも父親の個人的な問題で、裁判などして、雄吉の性的行為を問題にされたりしたら藪蛇《やぶへび》である。それで相手に法律をちらつかせ威嚇してみたが開き直られては為《な》す術《すべ》がない。元はといえば、女に甘かった雄吉の顚末なのだ。

「カード一枚五百万、二枚で一千万」

「一千万は安すぎないか？」

由紀夫は溜息をついた。

「しかし、証拠は何もないわけですから、開き直られたら元も子もないですよ。失うものは何もないとまた開き直られるのがおちですよ」

「預金通帳から引き出してくれていれば証拠が残ったのになあ」

金額に納得がいかない由紀夫は嘆息する。

「本人以外が銀行窓口で大金を引き出すのは無理ですよ。会長が金庫なんかにしまわれたことが仇《あだ》になりましたね」

「そうか」由紀夫はつぶやき、「残念だけど、そういうことにしよう。交渉は頼んだよ」割り切れない顔をして松崎を見た。

社長室を出た松崎は自席に戻り渋い顔をした。

3

「胸にしこりがあるのよ」

諸井薫は自宅マンションのリビングで沢村明人に告げた。

「いつ気がついたの？」

無頓着な聞き方を沢村はする。

「このおっぱいをいつ触ったのかも明人は思い出せないようね」

「それよりもしこりって、どんなしこりなの？」

「最初は乳腺症かと思っていたけど、いつの間にかこんなに硬くなっちゃったのよ」

薫はパジャマから左乳房を出した。大きな乳房だ。沢村は両手で薫の乳房を触診する。

「これはやばい。すぐ検査したほうがいい」

乳房を揉むと乳頭から乳白色の液が出てくる。

「乳がんかな……」

不安そうな顔で薫が訊く。

「どうしてもっと早く言わないんだ」

事態の深刻さに沢村の言い方がきつくなった。

「明人の責任はどうなのよ。私ばかり責めないでよ」

気の強い薫だったが、みるみる顔が歪み、目が赤くなる。

「明日、市立中央病院に一緒に行こう」

「……わかったわ」

そういうと薫は寝室に引き込んだ。乳がんの疑いがある薫にグループホームの話をするのは得策ではない。今夜こそと意気込んでいた沢村はその話を思いとどまったが、いずれは話そうと思った。そのためには薫に優しくしておく必要がある。最悪入院手術という事態にでもなれば、当面沢村が経営全般を背負わなければならなくなるのだ。

寝室はツインベッドだったが、その夜沢村は薫のベッドで添い寝をし、久しぶりの関係を結んだ。最初薫は拒んだが、沢村が体を優しく撫でると、甘い声を出して抱きついてきた。

秘所を舐められると薫は火がついたように身悶え、髪をふりみだし狂ったように沢村の上に乗り、その喘ぎ声は啜り泣きのようだった。

「よかったわ」

薫はうれしくてそのあとも体を寄せてきたが、沢村は逃げるように自分のベッドにもぐりこんだ。

翌日、二人は沢村が運転する車でマンションから近い保土ケ谷《ほどがや》区の横浜市立中央病院に向かい、外来で順番を待った。

薫を診察した医師は、乳房の視触診を終えるとすぐマンモグラフィー検査を指示した。しばらくして検査画像がスライドに並べられる。

「先生、どうですか」

判決でも受けるような深刻な顔で薫は訊く。

「乳がんの疑いがあります。しかし断定はできません。詳しくはマンモトーム生検の結果を見てからにしましょう」

余計なことを言わないそのベテラン医師が淡々と薫に告げる。

「マンモトーム生検って、どんな検査ですか」

不安な薫は恐る恐る訊く。

「患部の一部を針で吸い取り、その細胞を顕微鏡で調べる検査です」

「痛そう……」

薫は顔を顰めた。

「局所麻酔をしますが、たしかにあとで痛いですね」

医師は事実だけを告げると、生検の日程は乳腺外科窓口で聞いてほしいと言った。

診察室を出た薫は待合室で待っていた沢村に、次回の検査の日時を訊いてくると言って乳腺外科に向かった。

その日は初診ということもあり検査予約を終えると病院を出たが、乳がんの可能性は否定できなかった。会社に向かう車の助手席で薫はくちびるを嚙み締め押し黙っている。

「もし乳がんだとしても、早期だから、治癒率は一〇〇パーセントに近い。大丈夫だよ」

沢村のかけた慰みが薫を苛立たせる。

「ひとの心配はいいから……それよりも会社が心配だわよ」

「長く入院するわけでもないだろうから、会社の心配はしないほうがいい」

乳がんが女性にとっていかに辛い病かを沢村は軽んじていたわけではないが、適切ではない言葉を吐いた。

片手でハンドル操作をしながら車中で気楽に言われ、薫は怒気がこみあげたが、「ああ、そうだ。彩さん、いま何しているか知ってる?」と気持ちを抑え別なことを訊く。

「友野さんの件で、先方とやりあっているみたいだ」

「そう」薫はつぶやいてから訊いた。「手術入院ということも考えておかないといけないわね。管理部の女子社員が今月末で辞めるでしょ、彩さんに手伝ってもらえるとありがたいわね。彩さんなら病院の付き添いもお願いできるし、専務はこの際、仕事に専念しなさいよ」

「なるほど、それはいい考えだ」

調子よくうなずく沢村に薫は罵声《ばせい》を浴びせたくなったが、車が横浜駅西口地下の専用駐車場に着いたので話を中断する。

二人は何事もなかったような顔をして出社し、それぞれのデスクに座る。お昼休みの時間帯で社員は少なかった。薫は彩の携帯に電話する。

「彩さんに話したいことがあるのよ。都合のつく時間でいいから会社の近くで午後にでも会えないかしら」

彩の返事は早かった。用件は訊かず、午後二時に西口のシェラトンホテル二階カフェで待ち合わせることになった。

机にある書類の決裁を済ませると薫は地下街を通って一時半にホテル二階に行き、サンドイッチを注文して彩を待った。

二時に黄色のワンピースに白いコートを着た彩が現れ、その美しさに薫はハッとした。顔の肌も艶々《つやつや》している。それと内面に余裕のようなものを感じた。

「元気そうね」

「ご無沙汰しております」

彩は頭を下げ席についた。

「先に食べてごめんなさい。好きなもの注文してね」

「ではお言葉に甘えて、ケーキセットをコーヒーでいただきます」

ウエーターにオーダーしたあと、薫は眉を顰めた。

「じつはねえ、乳がんの疑いがあるのよ」

「えっ」

「進行してんじゃないかと思うと怖くてね」

「検診はされていたのでしょう？」

「去年仕事が忙しくて行かなかったから……でも、そんなの言い訳よね」

「一年検査しなかったぐらいなら大丈夫ですよ。最悪乳がんでも、きっと初期です」

「とにかく検査結果次第なんだけど、彩さんにお願いしたいことがあるの」

「何でもおっしゃってください」

「それがね、管理部の女の子が今月末で辞めるのよ。その子がこれから有休を取って休むので、代わりを探しているのだけど、なかなかいい子がいなくて、それで代わりが見つかるまで、彩さん、手伝ってくれない？」

「短期間でよろしければ手伝わせていただきます」

当面、やるべき仕事もなかったし、雄吉の問題が片付いたわけではなく、薫と一緒だと相談もできる。彩はその申し出を了承した。

ホテルで薫と別れた彩は地下鉄に乗り、みなとみらい駅で下車し、地下道を抜けてマンションが立ち並ぶ通りに出る。美しい街並みに時折ビル風が吹き抜ける。季節はいつしか晩秋だ。通りの木々が黄色く色づき、みなとみらいヒルズの庭にある数本の紅葉が赤い枝を伸ばし、陽のひかりに煌《きらめ》く。一階にあるカフェで彩は松崎と待ち合わせをしていたが、まだ三時半で約束は四時である。十五階の何もない部屋に入る。換気扇が常時回っていてかび臭くはないが、窓を開けて新鮮な空気に入れ換える。明日、この部屋に家具と電化製品が搬送される。それと忌わしいバスタブを取りかえる手続きを施工業者に依頼した。それが済むとこの部屋は彩のものになり、新たな生活が始まるのだった。不意に笑みがこぼれる。やっと手に入れた自分の住まい。それも彩が住めるはずのなかった豪華マンション……。

一階のカフェに下りると、隅の席で松崎は雑誌に目を通していた。

「こんにちは」

彩の挨拶に松崎は作り笑いをして雑誌を置いた。

「今日もおきれいですね」

「お世辞ですか」

「いえ」松崎は軽く否定し、「ところで、ＩＣカードの件ですが、社長は一枚五百万、二枚一千万でどうかと……」

「カード二枚で一千万ですか」

眼鏡の奥で光る松崎の目を射るように見て彩は訊く。

「証拠はないですけど、元はといえば会長のお金じゃないですか」

見透かしたような声で松崎は笑った。

この男は的確で正しい。たしかに雄吉の金である。

「これで友野さんとは終わりにしたいのです」

「一千万渡すということですね」

彩の目を見て松崎は念を押した。

「なにか誓約書のようなものを書いていただけませんか」

「社長の友野に書かせるのですか」

「ええ」

「一千万では不満な友野がそんなもの書く訳ないでしょう」

「じゃあ、松崎さんで結構です」

「私？」人差し指を自分の顔に向けて松崎はおどけた。「私は社長の代理であなたと交渉しているだけです。ですから、誓約書は勘弁してください、カードの引渡しで終わりにしませんか」

「今後私に干渉しないと、約束してください。それなら一千万振り込みます」

彩は執拗だった。

「そうですね、私も社長の代理で、こんなことをいつまでもしたくはありませんよ」

「わかりました。では明日九時、桜木町の浜銀本店で、友野さんへの振り込みに立ち会っていただき、確認後にＩＣカードを渡してもらえますか」

「いいでしょう」

松崎はうなずいた。

「急いでいるので、これで失礼します」

お辞儀をした彩は伝票を摑むと支払いを済ませてカフェを出た。

野毛坂のマンションに戻った彩に沢村から夕方会えないかと切迫した電話がある。薫の病状のことだと思った彩は承知し、七時に野毛の和食料理屋で待ち合わせをした。沢村は横浜駅周辺に来てほしいと言ったが、彩は面倒だった。野毛坂のマンションは引っ越しの整理で散らかっていると断り、一度行ったことがあった個室がある庶民的な料理屋にした。

木造の古い佇《たたず》まいの座敷に座り、出されたお茶を飲んでいると、紺のスーツを着た沢村が店に来た。座敷の畳に座るとすぐ沢村は話し始めた。

「急を要することがあってね。矢先に社長の乳がんの疑いだろう。決裁を迫れなくて困っている」

オーダーを取りに着物姿の仲居が来る。

「とりあえずビールと刺身でいいかな」

メニューを見ながら沢村が訊くので、彩はうなずき仲居に注文する。冷たいビールが喉に染み、歯応えのある鯛の刺身が舌に転がる。

「久里浜《くりはま》に手頃なグループホーム施設があってね、そこの経営権譲渡の話が来た。経営者によんどころない事情ができたのが手放す理由なんだけど、そのホームは手作り感と温《ぬく》もりのある施設でね、スタッフも純朴でよく教育されている。大手への譲渡は念頭になく、できれば介護理念のしっかりした中小の会社で運営してほしいと先方は熱心でね」

薫の病状ではなく、沢村がやりたがっていたグループホームの経営権譲渡の話であった。

「久里浜の施設には行かれたのですか」

「何回か見に行った。施設から見渡す海岸線の景色が素晴らしく、空気も爽《さわ》やかで、それに近くに提携している総合病院がある。九部屋ともに入居者がいてね、スタッフ共々まるで家族みたいな雰囲気だったよ」

箸をつけずに沢村は話を続けた。

「認知症は環境に敏感な病気だ。患者の住環境とスタッフとのコミュニケーションに問題はない。認知症の親をもつ家族の想像を絶する苦労を想うと、グループホーム経営は意義のある仕事だと思わない、彩さん？」

認知症老人の介護に携わってきた彩にも、家族の苦労はよくわかる。いや、身内だからこそ大変なのだ。認知症が進行すると身内と他人の区別もつかなくなる。それなら、同じ病を患った同士で生活させるのも悪くはない。スタッフがそのサポートをする。他人だから冷静な厳しさと優しさを発揮できる。認知症の老人は子どもよりも我儘で純粋だ。その世話は骨が折れる。辛抱強くなければできない仕事である。

「専務の話はよくわかりました」彩はグラスのビールを飲み干して言った。「それで、グループホームのお仕事を私が手伝うのですか」

テーブルにもう食べ物が何もないのに気づいた沢村は、メニューを見て柳川鍋《やながわなべ》を注文する。

「いや、そうじゃなくて、お願いがある」

いつになく沢村は神妙な顔をした。彩は沢村の目を見つめて真意を促した。

「言いづらいことだけど、言ってもいいかな」

沢村はためらっている。

「社長はマンションにいらっしゃるのでしょう。早く帰ってあげてください。不安で寂しいはずですよ」

薫をもちだして彩は催促した。沢村はくちびるを嚙み締めた。

「五千万、貸してほしい」

ドジョウとゴボウの柳川鍋が運ばれる。ぐつぐつと鍋の中で煮立っている。

「いただきます」

彩は両手を合わせ箸をつけた。沢村の申し出に言葉を失っていた。

「返事を聞かせてくれないか」

「グループホームの話、社長は了解されているのですか」

「話はしているよ。だが資金の話をしようと思った矢先の乳がん騒動で、タイミングが悪くて切り出せなかった」

「資金の話は社長に報告されたほうがいいと思います。専務の独断なら、このお話は聞かなかったことにしてください」

彩は柳川鍋を食べながら話した。

4

翌日の十一月二十日金曜日午前九時、彩は桜木町の浜銀本店窓口で松崎を待っていた。五分遅れで現れた松崎は、「すみません」と笑顔で謝り、友野由紀夫の口座番号を書いたメモを渡す。

一千万円の出金票と振込用紙を書き終えた彩は松崎に振込用紙を見せ、窓口に出す。二、三分後窓口に呼ばれ、送金完了通知を受け取る。それを見せると、松崎は二枚のＩＣカードを手渡した。

「ありがとうございました」

彩は頭を下げた。

「寡黙で慎ましく、芯の強い女が会長の好みでしたが、あなたはまさにぴったりの女性です。末期がん患者とホームヘルパー、こういう巡り合わせが最後にあったのですね。社長代理の仕事は終わりましたが、私個人としては会長の死亡を納得してはいません。いずれまたゆっくりお話ししましょう。じゃ、失礼」

意味深な言葉を吐き、松崎は大股で銀行の自動ドアを出た。松崎の後ろ姿が消えるまで見ていたが、これで松崎とも終わりなのだと言い聞かせ、彩はみなとみらいヒルズに向かった。十一時から家具の搬送があり、午後に家電製品が運ばれる。念願の高層マンションでの生活が始まるのである。

こういうマンションは持ち主の登録はあるが、所有者から借りている住人もいるだろうし、投資で空き家にしている持ち主もいるのだろう。実際、表札もなく明かりもつかない部屋は多かった。

十一時に家具が搬送される。家具運搬の男性が二人、手慣れたもので、あっという間に家具を所定の位置に配置する。彩は見ているだけで、図面通りに設置作業が終わる。

「これでいかがですか、結城さん」

リーダーの男性が顔の汗をぬぐいながら言った。

「ご苦労さまでした」

家具の美しさに彩はうっとりした。リーダーは微笑み、納品書にサインを求めた。

業者が帰ると彩は白いソファに腰掛けた。革の感触がなめらかで、手触りもよく、座り心地も最高である。黒く四角いテーブルは光沢があり、落ち着いた雰囲気を醸している。窓に目をやると、白いレースのカーテンをベージュの高級な厚手布のカーテンが覆っている。部屋の照明器具にも工夫が施され、お洒落《しゃれ》な室内灯が灯《とも》るようになっている。漆黒のテレビ台もシンプルでいい。

雄吉が書斎にしていた暗く重厚な部屋は、清潔で若々しい白い部屋に変貌した。白いパソコンデスクに黒い椅子、白いマットを敷くとストレッチができる。午後にはＤＶＤ機器とテレビ、音響セットが配達される。寝室は雄吉との嫌な記憶をぬぐうために清潔な白一色にした。ベッドもサイドテーブルも掛け布団もすべて白である。カーテンだけ外光を遮るためにこげ茶にした。サイドテーブルの照明も白色灯にしたら安らぎが出た。問題はバスルームだった。業者に依頼したバスタブの交換は来週になる。それまではシャワーで我慢するつもりだった。

午後一時、家電が運ばれる。キッチンに黒の大型冷蔵庫。リビングに四十インチの液晶テレビ、リラックスルームに二十インチの液晶テレビとＤＶＤ機器、それに音響セットを設置する。最後に洗面所に白い全自動洗濯機をセットし給排水の具合を試して完了する。

業者が帰ると彩は疲れてソファに横になった。満足感と幸せが込み上げてきて、思わず笑みがこぼれた。今日半日で大物が片付き、あとは小物であった。張り詰めていた神経がゆるんで、彩はいつの間にか午睡をしていた。

携帯が鳴り、表示を見ると薫からだった。彩はソファで小一時間寝ていたのだった。

「来週の月曜から会社に来てもらえないかしら。私は来週からいろんな検査をしなくちゃいけないみたいなの。お願いします」

「はい、参ります」

「よろしくね」

沢村が薫にグループホームの資金相談をしたようには思えなかった。それなら薫は一言彩に言うはずである。切羽詰まり思いつめた沢村に彩は冷たくした。だが、沢村がグループホームに拘泥《こうでい》する理由と薫が反対する真相を彩は知りたかった。来週どこかで薫に聞こうと思った。

彩にはやることが山ほどあった。どこから片付けるかノートに手順と日付を書いた。土日をかけてすべてを終わらせたかった。それには金曜にできることは済ませたい。タクシーで往復して野毛坂のマンションの荷物を運び込む。ダンボール五個に入れた日用品。それに衣服と靴、傘が意外と面倒だった。

土日をみなとみらいヒルズで過ごした彩は、月曜日、気分も新たに紺のスーツを着てウエルネスに出勤した。

「おはようございます」

社内フロアで全員に挨拶をする。全員といっても九人であるが、おはようと口々に返ってきたような気がする。

「おはよう」

管理部の席に行くと村井由紀が声をかけ、彩のデスクを教えてくれる。

「社長の病院同行で専務は遅れて来るらしいわ」

「村井さん、私の仕事のこと聞いてますか」

皆にどのように伝わっているのかを知っておきたかった。

「欠員のピンチヒッターでしょ。それと、社長が万が一乳がんだった場合の付き添い介護。専務から説明があったわよ」

「そうなんだ」

彩は愛想笑いをして席に座る。デスクに用意されたパソコンを立ち上げると画面には会社に関係するアイコンがセットされていた。クリックして仕事の概要を見ていたら、沢村が出社した。おはようと彩に挨拶し、パソコンのメールボックスを点検し、返信を終えると彩に催促した。

「これから久里浜に行こう」

従う立場になった彩は、はいと返事をする。

「久里浜に行ってきます」

管理部社員に告げると、沢村は事務所の出入口に向かった。彩はバッグを手にもち沢村のあとに従う。ビルの地下から駐車場に向かい、白のＢＭＷに乗り込む。沢村は無言で車を発車させた。首都高速から横浜横須賀道路を猛スピードで走る。

「どうしてそんなに急ぐのですか」

沈黙に堪りかねた彩が口をひらく。

「施設で十時半からフラダンスの講習があってね。君に見せたくて急いでいる」

「それはかまいませんが、融資の件はダメですよ」

「施設を見て、考えが変わらなければそれでかまわない」

先方から返答を迫られ沢村は困っていた。

横横道路は三十二キロ、あっという間に佐原ＩＣに着く。佐原を降りて久里浜の郊外を走る。東京湾を背に田園地帯に入り、少し小高くなった場所にその施設はあった。モルタル二階建ての白く真新しい建物で、〝憩《いこ》いの里〟とあった。駐車場にとめて、施設の玄関に行き、チャイムを押すと緑のエプロン姿の女性が現れ、沢村を迎えた。女性は沢村に親しげに挨拶をしたあと、彩に「よくいらっしゃいました」と言った。

「突然訪問してすみません」

彩は恐縮した。

ソファのある六畳ほどの応接室に通され、別の女性がお茶を運んだ。十時十五分、フラダンスの講習までは十五分ある。認知症の老人にフラダンスを教える。彩には想像できない光景だった。沢村は何も言わずに施設のどこかに行った。

お茶を運んだ女性に案内されたのは十畳ぐらいの談話コーナーだった。前方につくられたスペースに、緑の模様が入った赤いパウスカートにTシャツ姿の講師が現れる。

「みなさん、おはようございます。さあ、これからフラを楽しみましょうね」

施設の女性スタッフ三人が待機し、九人の入居者のうち六人が席についていた。そのとき入口からなんとも派手なパウスカートを穿いた三人の老女が入ってきて、両手を波のようにしならせるハンドモーションを披露《ひろう》してお辞儀をする。

それほどひどくはない認知症入所者三人なのだと沢村が耳許《みみもと》で言った。

「それではこれから三人のお仲間がフラを披露します。曲はハワイアンの名曲〝プア・リリレフア〟です。では、みなさん、拍手《はくしゅ》をお願いします」

笑顔で講師が紹介すると、女性スタッフが大きな拍手をし、音楽が鳴り始める。

それはなんとも緩慢《かんまん》な踊りで、曲に遅れること甚《はなは》だしく、ハンドモーションと体の動きのアンバランスが滑稽《こっけい》で、しかし老女の表情はとてもチャーミングなのである。フラに懸命な姿が彩の胸を打った。最適な認知症のケアプログラムではないか。講師に習ったフラを忘れ、それでも音楽は覚えているのか自己流のフラで手と腰を動かしているのだった。

入所者が疲れるので十分程度だったが、沢村は盛大な拍手をした。彩も手を叩いた。そのあと、講師の女性が優雅なフラダンスを披露し、入所者たちは見学した。講師は、久里浜に住むフラ愛好会の女性で、ボランティアで来ているのだとスタッフの責任者が囁く。

それから食堂で昼食が始まったが、食べさせるのが大変だった。じっと眺めていて一向に食べようとしない頭髪の薄い男性。食べ物の飲み込みが緩慢な痩せた老女。むせて食べた物を吐き出す幼女のような女性。食事の世話をするスタッフは優しくて我慢強く、まるで家族以上の絆で結ばれているようだった。

責任者の女性に案内され、バリアフリーの浴室、トイレに洗面所などを彩は見せてもらった。重厚な施設というよりも共同生活する民家のようだと彩は思ったものだ。訪問の礼をのべて〝憩いの里〟を辞去し、車で横浜に向かった。

「グループホーム施設の見学が経営参画のモチベーションになればと思って強引に連れてきたけど、興味がなかったら言ってくれない？」

運転しながら沢村が彩に話しかけた。

「小規模ですが温もりのある家族的な施設で、認知症の入所者も楽しそうでした。地域への社会的意義は十分にあると思います。その証拠に地元のボランティアの方が来てくださり、フラダンス講習はとても素晴らしいイベントで感動しました」

「それはいい。一緒にやらないか」

「少し考えさせてください。ところで、社長はなぜ、グループホームに消極的なのです？」

「訪問介護と違って資金が必要になる。それと、一つだけホームを持っても経営的には効率が悪く、先行き何箇所か拡大しなければいけない。それは負担だし、覚悟がいる」

沢村は熱く語った。

「〝憩いの里〟の譲渡価格はおいくらなのですか」

「六千万で譲渡してくれる。先方はお金ではなく、今の経営スタイルを踏襲《とうしゅう》してくれる相手にまかせたいと言ってるのだよ」

「その結論はいつまでなのですか」

「今週末と言われている」

「そうですか」

彩は車の前方を見つめていた。

第五章

1

　午前中に検査を終えた薫は気分がすぐれず自宅で休んでいた。帰りの車中で彩に薫から電話があり、話があるので自宅に来てほしいと言われ、沢村のＢＭＷは久里浜から保土ヶ谷の自宅マンションに向かった。

　高層マンションの前で彩を下ろすとＢＭＷは発車した。ごく普通のマンションで、部屋は七階の三号室だった。ドアホンを鳴らすと返事があり、白いセーターに黒いズボン姿で玄関に現れた薫の顔は青白く、手足も細くなり確実に何キロかは痩せている。お邪魔しますと言って彩はリビングの黒いソファに座る。

「組織の一部を針で吸引採取するマンモトーム生検っていう組織検査をやってきたばかりな

のよ」

「なんだか痛そうですね」

彩は顔を顰める。

「コーヒーでいい？」

「はい」

薫はコーヒーメーカーに豆をセットする。

「それがさー、乳腺外科の医師からあとで痛いですよと脅かされたもんだから、私は構えていたのよね。実際は麻酔が効いて痛くはなかったけど、おっぱいに異物が侵入して、なんか引っ張られる感じで気分は悪かったわよ」

「それで検査結果はいつわかるのですか」

「一週間から十日もかかるらしい。乳がんは覚悟しているけど、思いのほか進行してるんじゃないかと悪いほうにばかり考えがいくのよ」

薫はコーヒーを飲みながら弱気を口にした。

「早期発見ですから大丈夫ですよ」

彩は励ましているのだが、どこか醒めて聞こえる。

「そうだけど……」薫はうなずく。「でも話していると気が紛れるわ。ところで、専務と久里浜に行ったでしょ。施設を見て、どう思った？」

　薫は沢村の行動を知っていた。

「手作り感と温もりのある入所者に優しい施設でした。私も認知症の方の自宅でお世話をさせていただきましたが、一時間半でも骨が折れる仕事でした。それが二十四時間三百六十五日続くとなると、家族は大変ですよ。超高齢化社会を考えるとグループホームはなくてはならない施設だと思います」

　現場を見てグループホームのスタッフの苦労と尊さを彩は認識したのだった。

「彩さんを施設に連れて行った理由を専務は言わなかった？」

　訝《いぶか》るような目で薫は彩を見た。

「今朝急に久里浜に行こうと言われ、お供させていただいただけです。私を連れて行かれた理由はわかりませんけど、一人で行かれるのが億劫だったのではないでしょうか」

「そんなことはどうでもいいけど、お金の話はしなかった？」

　薫の目が彩を射た。

「いえ」

　彩は下を向いて返答する。

「彩さんが持っているお金を融通してほしいと専務は言わなかった？　それで久里浜にわざ

わざ連れて行ったと思うのよ。違う？」

　薫はしつこく訊いてきた。

「そんなこと、私には興味がないですし、それにそんな大金など持っていません」

「友野さんからもらったんじゃなかったの？」

「由紀夫さんは私がそのお金を強奪したみたいにおっしゃっているようですけど、私はそんなお金は知りません」

「なんか先方の話と違うわね」

「すべてが憶測《おくそく》です。たしかに性的代償として一千万円はいただきました」

「そうなの」

　薫は意外そうな顔をした。

「専務はグループホームに執着されていますよね。でも、社長は賛同されてはいないのでしょう」

「グループホームを否定などしてないわよ。だけど、施設経営は反対よ」

「どうしてですか」

「訪問介護は自宅への派遣介護なのよ。利用者次第という不都合はあるけど、会社だってお断りすることができるじゃない。つまり、経営負担は軽いわけ。ところがね、グループホームは違うのよ。施設という箱の中に入所者を募らなければ運営できない。問題はその先ね、つまり生涯面倒をみる義務と責任が生じる。最低三十年、いや五十年かもしれない。入所者を募り続ければ百年継続する覚悟がいる事業よね。つまり廃業できないビジネスだわ。彩さんが見てきた久里浜の施設だって、経営者が突然病気になり、後継者もいなくて、それで専務に話がきたのよ、わかるかなあ」

経営者の覚悟を薫は言いたかったのだと彩は思った。たしかに沢村よりも薫のほうが先読みをしている。だが、経営の永続性が保証されるビジネスなど存在しない。薫は気が短い性格なので永い負担に耐えられないだけではないか。いっぽうの沢村は、訪問介護という短期的仕事の不安定さとそこで働く従業員の賃金の低さからくる離職率の高さに危機感を深めているのではないだろうか。両者の経営スタンスの相違としか言いようがない。

「そうすると久里浜の案件は、ボツですよね」

「そうね。それと資金不足だから、元々ダメな話なのよ。彩さんがお金を貸してくれるとでも思っていたのかもね。甘いなあ、専務は」

薫は薄く笑った。沢村が話さなくても薫はすべてを承知していたのだった。

「でも、久里浜の施設譲渡ですが、お値段的には妥当なのですか」

「そうね。先方の経営者に事情ができて売りたがっているから、安い買物かもね」

それ以上聞くことをやめ、彩は話を変えた。

「管理のお仕事ですが、いつまでお手伝いすればよろしいですか」

「代わりが見つかるまで手伝ってもらえると助かるわ。もっとも、ほかに仕事の予定があれば無理は言えないけど……」

「わかりました。社長もいまは病気が心配でお辛いでしょうから、会社の事務は私にフォローさせてください」

「ありがとう。感謝するわ」

「とんでもありません。私こそ、社長にはお世話になり感謝しています」

「それじゃ、今日は私も疲れたのでこれから休むわ。ご苦労さまでした」

こころなしか来たときよりも薫の顔には生気がよみがえったように思えた。

マンションを出ると、小雨が降っていた。三時半、マンション前のバス停に止まった横浜駅西口行きのバスに乗る。ウエルネスの資本金は一千万円、剰余金は僅かしかない。利益蓄積の乏しい会社である。以前に沢村から聞いたことがあったが、資本出資金は薫が八百万、沢村が二百万であった。

会社に戻ると、彩は上席にいる沢村のパソコンにメールする。

〈久里浜の施設の件でお話があります。お時間を都合していただけませんか〉

〈六時半、東急ホテルの一階カフェで待つ〉

沢村の返信メールは早かった。了解しましたというメールを彩は送信する。

沢村はしばらく席にいたが、五時過ぎに外出した。彩は時給社員で、定時退社の六時まで会社にいた。この数日はインターネットでグループホームビジネスの成長性を調べていたが、驚嘆した。現在の施設数ならびにそこで働くスタッフ人員は猛烈な勢いで増加するという予測が出ている。つまり、グループホームは成長性と共に高齢化社会に貢献するビジネスだったのである。

六時に会社を出た彩はデパートの食品売場で食料品を買い求め、紙袋を提げて東急ホテル一階のカフェに行く。席で待っていた沢村を見つけて椅子に腰かけコーヒーを注文する。デパートの紙袋を見た沢村が訊く。

「夕食の買出し？」

「まとめ買いです」

「みなとみらいに引っ越したの？」

「はい」

「じゃあ、友野さんとの面倒はもう片付いたのかな？」

「松崎さんに厄介になり裁判沙汰は回避できました」

「マンションをもらい、現金をいくらかは返したとか」

「松崎さんに折り合いをつけてもらいました」

「なるほど……すると手許に現金はないのかな」

「そんなことよりも、久里浜の施設の件ですが、銀行融資は受けられないのですか」

「社長が反対では融資を全額受けるのは無理だ。それで、先ほど社長に電話したら、自分の甲斐性で資金を調達したら購入してもいいと皮肉を言われてね。参ったよ」

沢村はバツの悪い顔をした。

「でも、あの施設が六千万って、安いのでしょう」

「先方に事情があってね、お金よりも、事業の継続を望んでいる。格安の譲渡案件だったから、チャンスだと思ったわけだ。グループホームは以前からやりたかったからね」

諦め口調で沢村は話している。

「専務の信用で銀行融資はどれくらいなら可能ですか」

「いいとこ二、三千万かな」

「残りの三、四千万が調達できれば、久里浜の施設を購入されますか」

彩の真剣さに沢村は苦笑した。

「でも松崎にお金を巻き上げられたんだろう」

「マンションの売買契約不履行で訴訟されたくなかったので、友野さんからいただいた一千万円を返しました」

「それで解決したのかな」沢村は薄く笑った。「だから、僕が同席してあげると言っただろう。あの松崎は君の手に負える相手じゃないからね」

「そうですか」

「まあ、一千万で手をうったのは賢明だったとも言えるだろうね。松崎には金額など最初から関係ないんだよ」

「どうして松崎さんに金額が関係ないと言えるのですか？」

「当人じゃないから面倒は避けたいじゃない。それに松崎は社長を小馬鹿にしている。社長の由紀夫は口ばかりで、君と折衝《せっしょう》する気など端《はな》からなかったのだよ。父親の悪趣味ともいえる女癖で過去に嫌な思いでもしてるんじゃないかな。それで、そこを衝かれると困るんだろうね。それに彼は小心で、君を怖《おそ》れていた」

沢村の分析に彩は感心したが、黙って聞いた。

「いずれにしろ、片付けばその話はもういいんだけど、久里浜の施設の件で話があるんじゃなかったっけ」

粘りつくような顔で沢村は彩を見つめた。

「もし、私が銀行融資の残りのお金を出すと言えば、どうされますか」

「いくら！」

沢村はつい大きな声を出した。

「四千万なら、なんとか……」

低く消え入りそうな声だった。

「ありがとう。本当だね」

沢村が念を押す。

「ええ」

「そう。これで先方に返答できる」

沢村は彩に頭を下げる。

「すみません」彩は哀しそうな顔をする。「そのお金なんですけど、お貸しするのは危険なので、資本金に組み入れてもらえないでしょうか」

「それって、増資をするってこと？」

沢村の顔色が曇る。

「そうです」

「僕はかまわないけど、社長が知ったらまずいな」

沢村は渋い顔をした。

「それなら結構です。この話はなかったことにしてください」

「ウエルネスの筆頭株主になるということだよね」

「そういうことになりますか」

さりげなく彩は答える。

「一日だけ考えさせてもらえるかな」

沢村は苦しそうな返事をした。

「帰ります」彩はデパートの紙袋を持つ。「私は急ぎませんから」頭を下げるとホテルのカフェをあとにした。

横浜から地下鉄に乗り、みなとみらいのマンションに戻ると夕食の支度に取り掛かる。

家具と電化製品を新調したおかげで雄吉を思い出すこともなく、このマンションは日に日に彩の匂いと想いに染まっていく。部屋を空っぽにしてくれた由紀夫に感謝しなければならない。広いリビングでの食事は開放感こそあれ寂しさはない。明日の沢村の返事が待たれる。

そのときテーブルに置いた携帯電話が振動する。表示を見ると、松崎隆からだった。彩は一瞬躊躇《ちゅうちょ》したが、通話ボタンを押し耳にあてた。

「こんばんは、松崎です」

低く重い声がする。

「まだ何か御用でもありましたか」

彩の声は冷たかった。

「これからお会いできませんか」

薄笑うような響きを感じる。

「お断りできない理由でもありますか」

「会うか会わないかは、あなたが判断してください」

「会う場所で考えてみます」

「ランドマークタワー二階のバーでいかがです」

「九時でよければ」

「用件を聞かなくてもいいですか」

「突然の電話に有益な話など期待していません」

「無益な話でもありませんよ」

電話を切った彩は苛々《いらいら》した。無益な話ではないとは何という言い草であろうか。雄吉の死を納得しない松崎は何を要求するのか、身支度をしながら考えたが、強請《ゆす》ることはしない性格だと思うぐらいしかなかった。

みなとみらい中央通りに出て空を見上げると半月が微笑むように浮いている。肌寒く、彩はコートの襟を立て横浜美術館前の石畳を早足で歩く。ランドマークプラザ街を抜けてタワー一階から階段をのぼり二階のバーのドアを開ける。カウンターの中に蝶ネクタイのバーテンダーが二人いる。中は広く仄暗くて落ち着いた雰囲気のホテルバーである。カウンターの隅に松崎はいた。彼と並んで座りたくはなかったが、仕方なく隣の席に腰掛ける。

「こんばんは」

松崎の前にはウイスキーのストレートグラスが置いてあった。

「似合いますね」

彩の黒っぽいワンピースを見て松崎が言った。

「ありがとうございます」

「いえ……」

松崎は照れ笑いをした。彩はカクテルメニューを見てバーテンダーに注文する。

「ブルームーンをお願いします」

「バイオレットの薄紫に甘いスミレの花の香りですか」松崎がカクテルの蘊蓄《うんちく》を傾ける。

「でも、私にとってはきついカクテルだなあ」

「そうですか」

「知ってますよ。〝青い月〟は、〝叶わぬ恋〟とか〝出来ない相談〟という意味でしょ。それと、ブルームーンは付き合いを拒否するときに女が注文するカクテルじゃないですか」

松崎を手強い相手だと沢村は言ったが、その意味が彼の粘りつくような体質にあることに気づき、彩はあらためて松崎を脅威に感じた。

「いろんなことをご存じなのですね」

彩はカクテルグラスを持ち上げ、乾杯の素振りをしたあと口をつけた。

「ところで、ご用件をうかがってもよろしいですか」

「今日、諸井社長から電話をもらいましてね。変なことを言われるので、結城さんとじかに話したくてお呼びしたのです」

松崎はウイスキーを舐めるように飲んでいたが、グラスを置いた。

「変なことって、何のお話でしょうか」

「マンションの件は片付いたのでよろしいのですが、金庫に入っていたお金の件で、一千万はもらったがそのほかは知らないと諸井社長に結城さんは言われたそうですね」

「それが何か」

「その前に諸井社長のほうから、乳がんの検査をしていると告げられたのですが、本当ですか」

「冗談で、乳がんなんて言えませんよ」

「愚問で申し訳ない」松崎は薄く笑った。「金庫に何千万円あったのかと私にしつこく訊かれるので、閉口しました」

「それが私を呼び出された理由ですか」

「なぜ諸井さんは金庫のお金にこだわられるのか……それをお聞きしたかったのです」

「そんなこと知りません」

　彩は突き放した。

「ちなみに、会長の退職金は二億円でした。参考までに手取額を言うと、勤続年数による控除があり、会長は在籍三十年でしたから一千五百万円控除されます。退職金には税法の特典があり、その半額が課税の対象になります。つまり、会長の手許には一億六千万近い手取がありました。キャッシュで七千万円のマンションを購入しても、最低でも八千万円は残るわけです。それと長年の社長報酬がありましたが、会長の現金資産がいくらあったのかはよくわからないのです。株や投信はおやりにはならなかったし、低利とペイオフの可能性がある銀行は魅力がなく、それで金庫に現金をしまわれたのかもしれません」

　松崎は長広舌《ちょうこうぜつ》をぶった。

「失礼ですが、そんなこと私には関係ありません」

松崎の意図がわからなかった。

「余計なことを言っているわけではないのです。会長はお金には厳格な方でした。創業者にありがちなタイプで、平たくいえばケチなのです。末期がんで絶望されていたとはいえ、あなたに大金を渡すとは思えないのです。一千万円でも会長にとっては清水の舞台から飛び降りるような心境だったはずですよ。その証拠にマンション譲渡について、あれこれ条件をつけられていますが、それこそが会長のやりかたなのです。いくら死に直面したとはいえ、長年の習性が急に変わったりはしないものです」

冗談を飛ばす松崎はいなかった。彩の横顔を食い入るように見つめ断定してくる松崎が不気味だった。

「憶測を聞かされるのは迷惑です。私、失礼します」

彩はバッグを手に持ち席を立った。

「会長には二十年公私ともにお世話になったものですから、会長の性癖は知り尽くしています。結城さん、もう少しお話しできませんか」

「黙ってあなたの話を聞く理由などないじゃありませんか。由紀夫さんに一千万円振り込んだら、この件は終わりじゃなかったのですか」

彩は松崎を睨《にら》みつけ、振り向くなり出口に急いだ。

2

何のために薫は松崎に電話したのか、薫が金庫の金にこだわる理由は何か。話を最後まで聞かずにバーを出た彩を松崎は呼び止めず、あとから電話もこなかった。

翌朝、ウエルネスに出社した彩を沢村は打合室に呼んだ。薫は今日も休んでいる。

「決断した。君の四千万を資本金に入れる。これから銀行に二千万の融資交渉をするけど、四千万は大丈夫だね」

席に座るなり沢村は言った。目がひかっている。

「四千万の増資を社長に知られたら、どうされるつもりですか」

ウエルネスの資本金は五千万になり、その八〇%を出資した彩は筆頭株主になる。

「社長に財務諸表を見せないようにする」

「でも、毎月の役員会で貸借対照表を見れば増資はすぐわかりますよ」

彩は沢村の答えを聞きたかった。

「そのときには、ウエルネスは君の会社になっている。だから、社長は君の言うことを聞くしかない」

沢村のその言葉を彩は待っていたのである。

「減資して元に戻すなどと言われたら困ります」

「その前に社長は僕を馘《くび》にするだろう」

「でも、私が社長を解任すれば専務は助かります」

「怖い話だ」

沢村はおどけてみせた。

打合室を出た沢村はその足でメインバンクに出かけた。彩は午前中、村井由紀の指導のもと、ヘルパーたちの先週の週報を点検し、勤務表にインプットした。ウエルネスではヘルパーに利用者宅への往復交通費を支給しており、午後からその伝票処理を済ませなければならない。

社長の薫はいま乳がんの心配で頭がいっぱいのはずだったが、松崎と連絡を取り合っていることが彩には解せなかった。沢村が彩から資金を借りるのではないかという危惧を抱いているからであろうか。乳がんの疑いで薫は何事につけ疑り深くなっているのかもしれない。増資を知ったら薫は烈火《れっか》のごとく怒り狂うだろう。立場が逆転した薫はどうするだろうか。筆頭株主の彩の指示で実務をやるだろうか。そんな妄想が彩の頭で錯綜《さくそう》する。

だが、増資を前に薫と病気以外の話をするのは得策ではないと彩は考え直す。薫と松崎が金庫にあった現金の詮索をしたところで気を揉む必要などないのである。薫と松崎の関係を気にすれば逆に薫に勘繰られるだけだ。

午後、いつもは会社のデスクで渋い顔をしている沢村の童顔がほころんでいた。融資の了解を取り付けたとパソコンに沢村からメールがある。彩は何食わぬ顔で交通費の伝票処理をする。

「社長の検査結果、どうだったのかな……彩さん、知ってる？」

隣席の村井由紀が小声で話しかける。薫の乳がん検査は沢村から社員に伝えられている。

「マンモトーム生検という組織検査の結果が出るのに一週間から十日ぐらいかかるみたいよ」

「がんじゃなければいいのだけど……」

村井由紀は顔を曇らせた。

「結城さん、ちょっといいかな」

そのとき彩に沢村が声をかけた。はいと返事をすると打合室を促した。沢村のあとに従い、彩は打合室の椅子に座る。

「増資の手続きをするから、四千万円を用意してもらえるかな」

沢村の顔が強張《こわば》っている。

「二千万の融資はいつ実行されるのですか」

「今週の金曜日。その日が久里浜の施設の譲渡日になる。問題は君の金を資本に繰り入れることだ。単なる借入なら問題はないのだが、じつは社長にばれるのが怖い」

下を向き沢村は辛そうな顔をした。

「そんなに苦しまれることなら、やめてもいいですよ」

「今さら、何を言ってるんだよ」沢村の口調は厳しかった。「融資は実行されるんだ」

社内に聞こえやしないかと思えるほどに高く上ずった声だ。

「資本金に繰り入れる件ですが、その手続きを私にさせてもらえませんか」

「かまわないけど、お金を会社に振り込めば済む話だ。それを確認したあとで資本金額の登記をする。それから株主名簿を書き換えれば完了だ」

「たしか一株五万円でしたよね。資本金が一千万だから、現在社長が百六十株、専務が四十株で計二百株ですか」

「そうだ。そこに八百株が増資されると、資本金五千万の会社になる。その筆頭株主は君というわけだ」

「でも、非公開株だと、株券はないのでしょう？」

「ないね」

「株主名簿だけだと不安ですから、株券の預り証を発行していただけませんか」

「やけに慎重だね」沢村は意味深に笑った。「八百株の預り証を発行するよ」

「わかりました。では、明日振り込みます」

そこまで確認すればあとは実行するだけだ。これは沢村の要請であって自分が頼んだことではないのだ。個人貸付などという無意味を回避しただけの話ではないか。後日、沢村と薫の間が険悪になってもそれは彩の責任ではない。それは専務取締役である沢村の過失なのだ。

打合室を出た二人は互いの席につく。会社の電話はひっきりなしに鳴っている。介護を依頼するお客は絶えることがない。

彩はインターネットで増資について調べる。沢村は簡単だと言ったが、問題は増資に関する登記だった。今回のケースは第三者割当増資に該当する。登記必要書類として、まず臨時株主総会議事録の作成がある。続いて取締役会議事録が必要になる。この二つの書類は偽造するしかない。それを代表取締役である薫が承認したことにする。

夕方、彩は沢村をシェラトンホテルのカフェに呼び出し、登記書類について話した。

「そんなことはわかっている。実際、社長との口頭話を形式的に議事録にしているだけなんだ。雛形《ひながた》もあることだし、パソコンで作成した書類を君に見せ、承認後に登記手続きをするよ」

沢村は苛立つように言った。

「偽造した議事録を社長が知ることになったら、どうされるつもりですか」

彩は確認しておきたかった。

「そうだなあ、グループホーム部門をまかせてくれるか、それが赦されなければ独立することになるだろうね」

沢村にも覚悟があるようだった。

「わかりました」

彩はそう答えるだけだった。

「ところで、みなとみらいのマンションだけど、住み心地はどう」

「いいですよ」

「そう。それはよかった」沢村は微笑み、無造作に伝票を握る。「僕はこれから会社に戻り、登記に必要な書類を作成するから失礼する」

沢村がみなとみらいのマンションの話をしたので訪ねたいと言うのかと彩は身構えたが、肩透かしを喰わすようにあっさりと沢村は立ち去った。

翌十一月二十五日水曜日、何日か振りに出社した社長の薫を社員たちがむかえる。

「みなさん、ご苦労さまです。心配かけてすみません。検査結果が出るまで病名はわかりませんが、いずれにしろ早期発見に違いはなく、大丈夫ですから、みなさん仕事を頑張ってください。お願いします」

薫は朝礼で挨拶しながら、目に涙を浮かべている。

「病気が他人事《ひとごと》ではないことを我々はよく知っていますが、社長が苦しんでいるのを見るのは辛いです。我々が仕事で頑張って社長に迷惑をかけないようにしましょう」

なんとも間の抜けたスピーチを専務はしたものである。薫はうるっとなった気分が吹き飛び、怒りが突き上げてくる。

「社長、お顔色がよくないです。ゆっくり静養なさってください」

村井由紀にまで言われると、薫は意気消沈する。自分がいなくてもこの会社は動いている。そう思うと寂しくなる。決裁書類に目を通し、メールの点検を終えたら、どっと疲れが出る。乳がんではないかと悩む薫には、いま健康な人間がうとましい。いつになく溌剌《はつらつ》としている専務、余裕で管理事務を黙々とこなしている結城彩。この場所に居ることが耐えがたくなり、薫は検査を理由に退社した。

いっぽう薫の退社を見届けた彩は銀行に向かった。四千万円の振り込みを済ませるためである。ダイヤモンド地下街にある都銀の窓口は空いていた。振込用紙に会社名を書き、送金欄に自分の名前とみなとみらいの住所を記入する。受付番号を呼ばれ窓口に差し出し、しばらく待つと今度は名前を呼ばれ四千万円の振込完了用紙を受け取る。

会社に戻ると、沢村を打合室に呼んで振込用紙を見せた。

「ありがとう」

沢村はテーブルに両手をつき深々と頭を下げた。

「これが法務局に提出する書類だ」

封筒に入れた書類をテーブルに出して見せた。

彩は一つひとつ丁寧に点検した。今週の十一月二十四日火曜日、午前十時本社会議室にて開催された臨時株主総会で、資本金一千万から五千万への増資の決議と承認。内訳は四千万円を出資した結城彩に第三者割当増資の権利を付与すると議事録に明記されている。十時半、取締役会開催。そこには臨時株主総会で決定したことを承認する旨が記載されている。続いて、八百株の株式申込証ならびに資本金の額の計上に関する証明書。最後に四千万円の払込証明書で提出書類は完了していた。

「どうかな」

満面に笑みを湛えて沢村が訊く。

「結構です。この書類のコピーをあとでいただけますか」

「もちろん渡すよ。午後に法務局に届けに行くけど、承認通知は後日になるそうだ」

「わかりました。それと八百株の預り証を専務名で発行しておいてください」

「了解」

沢村は微笑んだ。

後日、薫から議事録の無効を訴えられ増資が差し止められたとしても、沢村が承諾したという事実は残る。最悪減資になっても彩の手許には四千万円が返却される。そうすると久里浜の施設を維持するために新たに四千万円を調達しなければならない。施設をウエルネスから切り離して別会社にするプランも介護認可の問題が残る。どう考えても彩にダメージはなかったのである。

3

十一月二十七日金曜日、六千万円が振り込まれ久里浜のグループホーム施設の譲渡が正式に決まった。午後三時にその調印が行われ、先方の行政書士がウエルネスの会議室を訪問した。ウエルネス側も社長が療養中であることを理由に沢村が一人で対応した。

「〝憩いの里〟を末永くよろしくお願いしますと申しておりました」

白髪の老いた行政書士はそう言うと、沢村に頭を下げた。

「ご苦労さまでした。〝憩いの里〟には誠心誠意を尽くしますと吉永様にお伝えください」

沢村は吉永社長への礼と業務を代行した行政書士をねぎらった。

行政書士を見送ったあと、会議室のお茶を片付けにきた彩に沢村は微笑んだ。

「ご苦労さま。これで念願のグループホームが手に入った。彩さんに感謝です」

「よかったですね」

彩は微笑みを返す。沢村はバインダーに閉じた契約書類を大事そうに抱えて自席に戻る。

会社の流し場で食器を洗いながら、沢村が夕方食事に行こうと誘わないことに彩は違和感を抱いたが、帰社時間までには何か連絡があるだろうと考え直して自席に戻る。だが沢村はデスクでグループホームの譲渡契約書に熱心に目を通している。六時を過ぎても席を動かない沢村が彩にはもどかしかった。

たいした用もないのに彩を誘っていた沢村。今夜こそ彩を誘う絶好のチャンスではないのか。それに薫との今後のこともある。

彩は残業をして沢村が仕事を終えるのを待った。事務仕事はやれば切りがない。七時になり、「お先に」と村井由紀が帰社する。「お疲れさま」と彩は答える。

彩と沢村以外に二人しか社員は残っていない。だが沢村は、彩が先に帰るのを待っているのか無言でパソコンを操作している。痺《しび》れを切らした彩は沢村のデスクに行き、「打合室でお話しできませんか」と切り出した。

「何の話」

先ほどと違う沢村に彩はムッとなった。

「久里浜の施設のお話は社長にされたのですか」

「早晩わかることだし、何も隠すこともないから、昨夜話をしたよ」

悩んだ様子もなくさらりと言う。

「そうですか」彩はうなずく。「それで、どうでした？」

さすがに社員の手前、まずいと感じたのか沢村は彩を打合室に誘導した。椅子に座るやいなや悪びれた様子もなく告げた。

「お金は君から借り、残りは銀行の融資だと報告したよ」

「社長はグループホームの経営には反対されてたじゃないですか」

彩を見る沢村の顔が白々しかった。

「社長は自分ではやりたくないだけで、僕が経営するぶんには反対する理由はないからね。それよりも、君が四千万円を持っていたことを不審がっていたよ」

そんなことまで話したのかと思うと彩は沢村が薄っぺらく見えた。

「それで、どう説明されたのです」

「ひとのお金の詮索などしても意味がないと僕が言ったら、黙ったよ。例の細胞検査の結果が判明するまで穏やかじゃないからね。本人は乳がんを覚悟していると悲壮感を漂わせているが、実際はもう本物の乳がん患者みたいだ」

沢村は含み笑いをして喋った。

「増資の件は話してないのでしょ？」

乳がんの話題を避け、彩は核心に触れた。

「それは社長が気づくまで話せないよ」

「早晩わかることだし、思い切って話されたらどうですか」

わざと意地悪く彩は言ってみた。

「烈火のごとく怒るだろうよ」

「それで済みますか」

「増資は認めないだろうね」

「どうなります？」

「減資して元の一千万に戻す」

「私の四千万円はどうなります？」

「久里浜の施設の売却は無理だから、別会社にするしかない」

　両腕を組み、沢村は沈鬱な顔をした。

「話は変わりますが、事務仕事はいつまでやればよろしいですか」

「その件だけど、先ほど久里浜のリーダーから電話があってね、女性が一人辞めるそうだ。入所者が九人だから三人の介護士が必要でね。代わりを見つけるのは大変だとリーダーは言うし、困っていたところなんだ」

「まさか、私に久里浜に行けと言われるんじゃないでしょうね」

　彩は防御した。

「資本家にまさかはないだろう。突然のことだし、ピンチなんだから、君しかいないよ。とりあえず久里浜に行くしかないだろう」

　沢村は強気だった。

「本社の管理事務はどうされるのです？」

「ローテーションすれば何とかなる。この際、経営者として久里浜を君にまかせようと思うけど、どう？」

「私を久里浜に行かせる」

「譲渡された矢先だから久里浜のことが気になるんだ。それと、社長にも説明がつくだろう」

「でも、増資と久里浜の件は別な話ではありませんか」

沢村はじっと彩を見つめた。

「増資を望んだのは君じゃないか。経営はきれいごとではすまないんだよ。それに君には筆頭株主としての責任がある。もう一介のヘルパーという立場ではないんだ」

沢村の理屈に彩は返す言葉を失った。

「いつから行くのです？」

「来週からお願いしたい」

沢村は頭を下げた。

「わかりました」

彩はそう返事する以外に術がなかった。

「二人で力を合わせるしかないだろう」

力強く言う沢村を信じるしかなかった。それで彩は反論する気持ちをなくした。

その夜から土日にかけて誰からも音信はなく、彩は終日マンションで過ごした。ＤＶＤを観ながらストレッチをしたら体が軽くなり、疲れると寝室で休む。取りかえた真新しいバスタブで手足を伸ばし、ゆっくりと半身浴をする。久しぶりにくつろいだ連休を過ごして、十一月三十日の月曜早朝をむかえる。これから久里浜まで出勤するのだった。六時半にマンションを出て横浜駅経由で京浜急行に乗り換え、久里浜で下車してバスに乗り、三十分近く田園地帯を走ると〝憩いの里〟に着く。八時、自宅から一時間半かかった。

リーダーの里山良子に挨拶をし、緑色のエプロンを着けて朝食中の入所者の介助をする。認知症の老人の食事は長く手間がかかる仕事である。ご飯をこぼすのは普通で、口から吐き出すこともある。じっと眺めるだけで箸やフォークを持ったままの老人もいる。食事介助は三人のスタッフで行う。

　朝食後に彩は良子と応接室で打合せをした。

「これからよろしくお願いします」

　柔和な顔に小太りの良子が彩に改めて挨拶をする。

「こちらこそ、よろしくお願いします」

　彩は沢村と最初にここを訪問したときから良子の人柄に好感をもっていた。

　年内の出勤シフトが提示される。彩を入れて専従常勤者が三名、それと専従非常勤者四名のスタッフ七名で運営される。週一日は施設に宿泊し、夜間介護をしなければならない。彩はいきなりグループホームの現場の即戦力を求められたのである。

入所者は九名。女性五名、男性四名である。平均年齢は八十歳、六十五歳の女性から九十歳の男性という年齢構成である。家庭的な雰囲気が漂う施設で、入所者は全員自立を目指して個室で生活し、掃除洗濯はもちろん、施設菜園での野菜栽培などを手伝っている。

前経営者は地元住民との共生を理念に施設を創ったとのことで、地元の総合病院とも提携している。食材についても、野菜などは地元の生産者から提供されることがあり、魚も地元漁場で捕れたものを安く仕入れることができると良子は話した。

「田舎ですから、身内意識が強いのです。施設の利用者も多くが地元のご老人で、だから、みなさんもいつ世話になるかわからないじゃないですか、それもあって贔屓にしてくださるのじゃないのかな」

「里山さんも、地元の方なのですか」

「私は秋田ですが、久里浜に家を建て、いつしかここに染まりました。やはり田舎は落ち着きます」

良子は屈託がなかった。

「経営者が代わりましたが、大丈夫ですか」

彩は危惧を口にした。

「地元との共生と家族的なグループホーム創りを沢村専務は理解なさっていますから、心配はありません。だけどうちの谷が急に辞めることになり困っていましたが、結城さんがお見えになると専務からお聞きし、助かりました」

「介護経験に乏しく、いたらない点が多々あると思いますが、一緒に頑張らせてください」

彩は良子に頭を下げた。

「とんでもない。こちらこそご指導ください。私どもは結城さんを上司と思っていますので。気づかれたことは改善しますので、ご指摘ください」

年配の良子は低姿勢だった。

「とんでもありません。今まで通りやっていただければ十分です」

彩は初日から重荷を背負うことになった。これは大変な役目と仕事である。早速、朝の散歩の付き添いが待っていた。

磯田功《いそだいさお》という八十五歳の老人に付き添い、彼が日課にしている施設の散歩をする。

「谷さんはなんで辞めた？　僕が嫌になったのかな」

磯田の問いに彩は差し障りのない答えを用意した。

「いいえ、ご家庭の都合だと聞いていますよ」

杖をついた磯田はゆっくりと這うように歩いている。

「嘘だ。谷さんは独り暮らしだ」

既婚者だと思った彩の先走りであったが、たとえ独身であっても家庭の都合はある。

「ごめんなさい。こちらに来たばかりなので、詳しいことはわからなくて……」

「ホームの経営者が代わった。それで谷さんは辞めた」

磯田は地面にうずくまった。施設の敷地内にある菜園のそばである。彩は黙って腰をかがめた。

「今度の経営者は大丈夫か」

老人は杖で地面をいじりながらぶつぶつ言った。彩は無視して立ち上がる。

「お部屋に戻りましょうか」

「そうだな、寒くなってきた」

聞き分けのいい老人だった。こうやってそばで歩くことを繰り返すとやがて相手に信頼感が生まれ、会話もスムーズになる。認知症を患うと何事につけ被害者意識が強くなる。黙って聞いてあげ、反論はしない。ましてや相手を説得しようなどと考えてはいけない。それは経験から彩が学んだものだった。

「長生きは三文の損だ」

部屋に入ると磯田老人がつぶやいた。

「三文の徳でしょ」微笑む彩に、「身内で嫌なことがあり、ここでお世話になることにしたのだが、どこにいても嫌な話は耳に入ってくる」磯田は彩の顔をじっと見た。

その表情を見た彩には、磯田の認知症が信じられなかった。

「谷さんは、吉永という経営者の女だったのだ。僕にいつも内緒だと言いながら自慢しておった。ところが男が末期がんになってしもうて、本人は会えなくなったと弁解しとったが、真相は捨てられてここを辞めたのだ」

磯田は認知症の振りをしているのではないかと彩は思った。

「あんたも、沢村とかいう経営者の女じゃないのか」

老人は露骨に言った。

彩は一瞬どきっとしたが、すぐに冷静になった。

「それは磯田さんの妄想ですよ。ベッドに横になって少し休みましょう」

「気をつけたほうがいい。介護を手がける経営者は冷酷な奴が多い」

磯田老人の忠告に彩は微笑みで答えた。

4

携帯電話のバイブが振動する。表示を見ると薫からだった。早晩わかることではあったが、薫は増資を知り、さらに筆頭株主になった彩に気づいたという予感がした。

「結城です」

硬く低い声だった。

「彩さんでしょ。どうしたの？　なんか疲れた声ねえ」快活な声のあとにさらにトーンが上がる。

「検査ねえ、組織検査の結果が出たのよ」

その声音から彩は察したが、「どうでした？」と一応訊いてみた。

「腫瘍は良性だったのよ……なんか心配して損した気分ね」

「でも、よかったですね。おめでとうございます」

「ありがとう。心配かけてごめんなさいね。彩さんには一番に報告したくて電話したのよ」

「いま、どちらですか」

「病院を出たところ。彩さんは久里浜？」

「いいえ、今日はシフト休日なんです。土日も出勤になりますから……」

「言ったじゃない。だから、グループホームは大変だって……でも、お金出したのだから、仕方ないわね」

薫の言葉に構えた彩は沈黙する。

「私は久里浜には関心がないから、悪いけど頑張ってね」

　薫の言葉に彩は拍子が抜ける。

「ところで、今回の乳がん騒動だけど、専務と彩さんには迷惑かけたじゃない。それで、お礼というのも変だけど、二人とも仕事で疲れているだろうと思って、箱根の温泉にでも浸かってのんびりしない。どう？」

　彩は薫の誘いにほっとする。久里浜の施設のために彩がお金を工面したと薫は思っているようだ。それと増資の件にはまだ気づいていないから、温泉に誘ったりしたのだろう。

「そうですね。箱根、行きたいです」

　彩は薫の提案に賛成する。

「じゃあ、具体的な日取りについては、のちほど連絡させてもらうわね」

　電話が切れたあと、彩はソファで放心した。とにかく、まだ薫は知らない。彩はそれをずっと怖れていた。だが、乳がんでなかったことは薫を奮い立たせ、増資もほどなくばれて箱根行きどころではなくなるだろう。

　彩は沢村の携帯電話にコールする。時間は昼前であった。しばらくコール音が続いたあと、沢村の声がした。

「ごめんなさい。大丈夫ですか」

「ああ、いま廊下に出たところだよ」

沢村は久里浜には一度来ただけで、それもリーダーの里山良子と話をしたあとで、彩にはご苦労さまと声をかけると、すぐに用があると言い訳して帰ったのだった。

「社長から、いま電話があり、検査結果の報告がありました」

「うん。それと、箱根の話聞いた？」

「ええ。それよりも、増資の件は大丈夫なのですか」

「この一週間は、もう完璧ながん患者でね、会社どころの話じゃないよ。まだ気づいてないけど、会社に出てきたらわかるだろうね」

悟ったような口ぶりで事も無げに言う沢村に彩は違和感をもった。

「そうですか。それで箱根は行かれるのですか」

「いまのところは行かないほうが不自然だろう。本人は嬉々としているからね」

「わかりました」

彩はそれだけ確認すると、沢村と話す気持ちが失せた。あんなに彩のことを誘い求めていた男が、四千万を増資したあと、なぜか急に空々しくなり醒めた態度を見せるようになった。彩が筆頭株主になったことが沢村も本心では面白くないに違いない。彩にしても、久里浜で仕事をするモチベーションは筆頭株主という責任感しかない。

正午になり、昼ご飯の用意をしようとキッチンに立つと、リビングにあるインターホンボードが鳴った。訪問者に心当たりはない。このマンションに引っ越してから訪ねてきた人物は業者しかいない。

恐る恐るボタンを押すと、モニターに男の姿が映った。

「こんにちは、松崎です」

彩は瞬間狼狽した。松崎には会いたくなかったからだ。

「ご用件は何でしょうか」

冷たい声が飛んだ。

「迷惑ですか」

松崎の太い低音がインターホンに響いた。

「はい」

「会長の話ではありません」

「じゃあ、何でしょうか」

「実は会社を辞めることになりまして、そのことで結城さんに挨拶だけはしておこうかと思い立ち、電話では味気ないので訪ねた次第です」

松崎が勤務先を辞めるのは意外だったが、これでもう追及されることはないと思うと気が楽になった。

「わかりました」

予想外の松崎の言葉に彩は内心ほっとした。

「一階のカフェでお話をしたいのですが、どうでしょうか」

松崎は丁重だった。

「一階に下りるのはかまいませんが、用件をおっしゃっていただけませんか」

気を赦したわけではなかった。

「沢村専務の件で、ご忠告しておきたいことがあるのです」

意外なことを松崎は口にした。

「エントランスのインターホンで長話をするのは迷惑がかかります。中にお入りになり、エレベータのそばに設置してあるインターホンで話してもらえますか」

沢村という名前が松崎の口から出ることが彩には解せなかった。それと、この時間に彩がマンションに居ると思い、訪ねてきたことも納得しかねた。

しばらくすると、ボードに来客ランプが点滅した。

「沢村専務に何かあったのですか」

「とにかく、カフェに来てください。待っています」

そう言うと松崎はモニターから消えた。

彩は着替えをし、化粧を直してエレベータで一階のカフェに行った。椅子に座った松崎は笑顔を浮かべて挨拶した。

「お久しぶりです」

彩は露骨な警戒感を目に漂わせて松崎を見つめる。

「困らせるために会いにきたわけではありませんよ」

松崎は彩の沈黙に波紋をなげた。

「沢村専務のことって、何でしょうか」

彩はいきなり訊いた。松崎はにこにこしながら黙っている。彩はじれったくなる。

「思わせぶりはやめてください」

「あなたは、沢村専務に四千万円を融資されたそうですね」

「どなたからお聞きになったか詮索はしませんが、そのことが、あなたとどういう関係があるのです？」

「四千万がどういう金かを聞くことはしませんが、大金じゃないですか。それを、なんで沢村さんのために使われたのです？　私は結城さんを賢い女性だと思っていましたけどね」

嫌味をたっぷり含んだ言い方である。

「どういう理由で会社をお辞めになるのかは存じませんが、挨拶だとおっしゃるからお会いしているのですよ。それなのに、またお小言ですか」

「嫌になったから会社は辞めるのです。それはともかく、会長が汗水たらして得た退職金ですよ。それを沢村さんに投資するのはどういうことです。会長が創業された会社にいる今、まだ訊く権利が私には残っているはずですよ」

松崎の顔付きが変化する。

だが、わざわざ訪ねてきて沢村を非難する松崎の意図が彩には理解できなかった。

「松崎さんが友野さんを敬愛されていたことはよくわかりました。私に疑惑の目を向けられていることも知っています。しかし、そういうことと沢村専務と何の関係があるのでしょうか」

「会長が金品を与えたのはあなたに魅力があったからですよ。それはもう済んだことです。しかし、そのあなたが、沢村に騙されたのでは会長に申し訳ない」

松崎は唇を嚙み締めた。

「騙された？　沢村専務に？　何がおっしゃりたいのか理解に苦しみます」

彩は松崎を強く見た。

「結婚でも約束されているのかと思いました」

意外なことを松崎は言う。

「薫社長がそう言われたのですか」

「いいえ、久里浜のグループホームで介護の仕事をされるのは大変でしょう。そこまでされるのには何かの都合があるのかと思っただけです」

「お節介はよしてください。部外者のあなたに言われる筋合などないですわ」

「わかりました。余計な詮索をしてすみませんでした」松崎は詫びたが、最後にもう一度、「沢村専務には気をつけてください」と言い、伝票を持つとカフェを出た。

彩はその場に残り、しばらく呆然としていた。

第六章

1

二泊の箱根行きは十二月半ばの週末に決まった。金曜の午後、沢村が運転するＢＭＷの助手席に薫、後部座席に彩が座り横浜を出発した。

「いい天気ね。最高じゃない」

車は横浜新道から保土ヶ谷バイパスを走っていた。

「いろんな検査されて気分は完全に乳がん患者よねえ。術後に抗がん剤、放射線治療を受けながら転移の心配をして五年間びくびく暮らすことを想像して落ち込んでいたけど、ほんとにがんじゃなくてよかったわ。改めて健康のありがたさを再認識しちゃったわよ」

薫は多弁だった。

「とくに乳がんは女性にとって辛い病ですものね」彩も薫の乳がんの可能性を高いと思っていた一人である。「でも、よかったです。安心しました」

「毎日、毎日がんじゃないかと聞かされて、こっちが疲れたよ」

運転しながら沢村が溜息をつく。

「みんなに迷惑かけて申し訳ないと思ってるわよ。でも、私のがん疑惑のおかげで、グループホームを買収できたじゃない」

薫が皮肉を吐いた。保土ヶ谷バイパスが渋滞してきて車は減速する。東名高速横浜町田インターまでは時間がかかりそうだった。

「ところで彩さん、久里浜の近況を聞かせてもらえない？」

助手席から薫は後ろの彩を振り向く。

「そうですね」彩はうなずいて続ける。「経営者が代わったので、スタッフにも入所者にも動揺があるのは否めません。だけど、専務から久里浜に行くように言われ、正直乗り気ではなかったのですが、ウエルネスに所属する私が行ってよかったのではないかと今は思っています」

丁寧に報告する彩の言い方には、従業員の立場を超えた姿勢が感じられ、薫は彩の成長をみとめた。

「グループホームは気長に我慢強くやるしかないだろう」

　渋滞で片手運転をしている沢村が彩をフォローする。

「わかったわ。私に内緒でやったことだから、二人で協力して頑張りなさいよ。ところで、私が言い出しておいて悪いけど、旅行中、仕事の話はやめない？　のんびり自然を見て、温泉に浸かって、お酒を飲みながら美味しいお料理で舌鼓《したつづみ》といきましょうよ」

　薫の提案に沢村も彩も異存などない。がんノイローゼで沈み込んでいた薫だったが、疑いが晴れた途端に上機嫌になり、饒舌になって、すべてが薫のペースで進行し始めたことを二人は受け入れる。

　東名横浜町田インターに入ると車の流れはスムーズになったが、しばらく走るとまた大和《やまと》トンネル付近で混んできた。海老名《えびな》サービスエリアを過ぎ、厚木《あつぎ》インターで東名高速を降り、小田原《おだわら》厚木道に入る。道路は空いていて、小田原までは一直線だった。

「この道路は車輛が少ないわね」

　薫がつぶやくと、沢村は「そうだな」と相槌をうつだけで余計なことは言わなかった。彩は後部座席で前方を見ていた。

　車は小田原に入り、箱根新道を登って行く。全山が色づいていた紅葉も終わり、山は冬の装いを見せている。ところどころ木々の葉が枯れ落ちた夕暮れの箱根の山は、車窓から見ると寒さが染みるようだった。山中の気温は平地より四、五度は低い。

山を登り終えた車は芦ノ湖《あしのこ》に降りて行く。沢村はハンドルを握りしめ下り急斜面を左折する。横浜を出発して一時間半、ホテル到着は五時ごろである。

「そろそろホテルに着くわね」

ナビが目的地まで二キロと表示している。箱根新道を降り、芦ノ湖入口の信号を右折して観光客用のお店がならぶ通りを百メートル行くと、箱根神社の赤い鳥居が見えてくる。

「箱根でよかったわ。この辺りは緑が多くて落ち着くわよね」

薫は感激したように二人に話しかける。

「そうですね」彩が言うと、「そうだな」と沢村が呼応する。

車は湖畔に沿ってくねる細い道を抜けて行く。対向車が来るたびに減速しながらさらに奥に進むと視界が開けて大きなホテルが現れる。芦ノ湖に面した洋風ホテルである。

フロントでチェックインを済ませたのは薫だったが、部屋はコネクティングルームだった。

「こちらです」

ホテルのエレベータを三階で降り、手荷物をもった案内係のボーイが告げる。窓から湖面が見え、ツインルームが二部屋繋がっている部屋で中央に仕切りのドアがある。

「広くていい部屋だ。それに、眺めが素晴らしい」

満面に笑みを浮かべて沢村が褒める。

「コネクティングルームは初めてです」

気を利かせて薫がリザーブしたのだ。

「そう言われるとうれしいわ。来てよかったわね」

陽が暮れた湖面に目をやりながら薫が答える。

夕食にはまだ時間があった。いち早く着替えを済ませた沢村は芦ノ湖が目の前に見える露天風呂付の大浴場に浸かると言って部屋を出た。薫もそこに行くものと思っていたが、彩に話しかけてきた。

「専務がいなくなるのを待っていたのよ」先ほどまでの柔和な顔付きが一変し、彩を睨みつける。

「勝手に増資なんかして、どういうつもりなの」

窓際のソファに二人は座っていた。

「専務にお金を貸してほしいと言われたのです」

彩は白状する。

「それがなぜ、増資になるのかしら？　それも、社長の私に無断でね」

眉間に皺をよせた薫の目付きは険しかった。

「それは……」

彩は言いよどむ。

「専務と体の関係があるから……それとも、結婚の約束でもしてるの」

薫は容赦なく追及する。

「そんなに深い関係ではありません」

「じゃあ、どんな関係なのよ。言ってみて」

気色ばむ薫に彩は言い訳ができなかった。

「増資をお願いした私がいけなかったのです」

「いけなかったって、何を言ってるの？」

畳みかけられ、言葉を失った彩は目を落とした。

「あなたを責めても仕方ないけど、専務がしたことは赦されないわよ」

「すみません」

「謝ったって仕方ないでしょ。それよりも、善後策を講じなくちゃねえ」

そのときドアが開き、沢村が部屋に戻ってきた。

「ああ、いい湯だった。二人も行ってきたら」

「それにしては、ずいぶん早いお風呂じゃない」

彩との話を中断された薫は何食わぬ顔で沢村に話しかける。

「温泉は熱くて、一分と浸かってられないよ」

増資が薫に知られていることなど考えもしない沢村の無頓着さが彩の神経に障った。それとも、久里浜の施設は薫に承認されており、増資は自分とは関係なく、彩を悪者にするつもりなのだろうか。

「ところで、腹減らない？　食事をしてからゆっくりお湯に浸かったほうがいいよ」

二人が座っているソファに身を沈めた沢村は能天気に言った。

「そうね。お腹空いたわね」

薫が調子を合わせる。

「じゃあ、行こうよ。和食がいいね」

三人そろって部屋を出る。一階のレストランに和食の店があった。あとはフレンチと中華である。いずれも予約制で、和食は一時間待ちだった。フレンチは二時間待ち、中華だけがキャンセルが出て、すぐに案内できると言われる。

黒服のボーイに案内され、中華レストランのテーブルで薫がメニューを見る。面倒だったのか二人には相談しないでコース料理を注文した。

「生ビールを三つ」

乾杯のために沢村が追加し、生ビールのグラスが運ばれる。

「社長の無事を祝して乾杯！」

素《す》っ頓狂《とんきょう》な声を出し、にこにこしている。

「ありがとう」

薫は答えたが、目は冷静に沢村を見つめていた。

彩はかける言葉がなく、ただグラスを上に挙げて乾杯する。前菜が運ばれ、三人は皿にそれぞれ料理を取る。静かな会食だった。

「今夜は飲もうよ。紹興酒《しょうこうしゅ》にするか」

ひとり沢村だけが場を盛り上げようとしている。スープが運ばれ、紹興酒をオーダーする。薫も彩も、ただ黙々と食べるだけで、生ビールは残っている。

「飲まないの？」

紹興酒を口に運ばない薫が沢村には不満だった。

「紹興酒はにおいがねえ」

「彩さんは、どう」

紹興酒のボトルを手に取ってすすめる。

「生ビールをいただいてからにします」

今夜の彩の飲みっぷりはよくない。まだビールが残っている。つぎに海老のチリソースが運ばれる。沢村はつまらなそうに紹興酒を飲み続け、料理は残した。

会話が盛り上がらないままデザートの杏仁豆腐《あんにんどうふ》を食べ終える。

「美味しかったわね」

「はい」

彩はうなずきながら沢村を見る。紹興酒を一本空けた沢村は酔っ払っていた。目が赤く充血している。千鳥足で三階の部屋にたどりつくと、そのままベッドに寝転がった。

「そんなに強くもないのに、飲みすぎなのよ」

「付き合ってあげなかったから、自棄《やけ》になって独りで飲まれたので、それで余計効いたのかもしれませんね」

「でも、もう鼾かいてるじゃない。いい気なもんだわね」

薫は溜息をついた。

「お風呂、どうされますか」

「お風呂はいいから……さっきの続きだけど、会社に四千万も投資して、どうするつもりだったの。聞かせてくれない」

沢村が起きているときに話してくれれば助かるのにと彩は思ったが、そうもいかない。沢村の高鮮が恨めしかった。

「専務から久里浜の施設譲渡の話を何度も聞かされ、私も実際に見てきて、悪くない案件だと思いました。それで、お金を出す気になったのですが、融資よりも資本に入れてもらったほうが経営参画できるので、社長には許してもらえないだろうとは思いつつ、専務にはそう申し上げたのです」

「そうだったの」薫はうなずいてから訊いた。「それで……？」

「専務はわかったと言われ、社長の了解のないままことが運ばれました」

「増資がどういう意味を持つのかぐらいは承知してるわよね」

「それは、まあ……」

「会社乗っ取りが目的だったとしか言いようがないわよね」

「そんな……」

「ほかに理由があったら言ってみてよ」

「私だけ追及されても困ります。専務を起こして一緒に話しませんか」

彩は薫から逃れたかった。そして、そのとき薫が沢村と彩を箱根に連れてきた理由がのみこめた。

「明日も泊まることだし、これ以上追及するとお互い気まずくなるから、この話はこの辺でやめとくわ」

　薫はそう言うと、顔つきがいくぶん柔和になった。

「申し訳ありません」

　彩は謝罪したが、沢村が寝ていては話にならない。

「お風呂に行かない？」

　薫が彩を誘う。

「はい」

　彩は従うしかなかった。露天風呂付大浴場は通路が長く延びた湖面のそばにあった。十二月の元箱根の夜気は体がふるえるぐらい冷たかったが、温泉は熱くて湯が滑らかで体の芯まで温まる。

「露天風呂に行ってみない？」

　身体の中がぽかぽかしてきた薫が彩を促す。彩は先に部屋に戻り沢村を起こして話をしたかったが、薫が怖くて露天風呂に付き合う。湖面が一望できる広い湯殿で、空を見上げると黄色い月が鮮やかに浮かんでいる。湖面は暗く波の音がかすかに聞こえる。

「ねえ、彩さん。あなたが今考えていることだけどね、それって無駄だと思うわよ」

湯を手ですくい肩の周辺にかける動作をしながら薫が言う。

「専務と話をすることがですか」

「そうねえ」

「どうしてですか」

「二人の約束事がわからなくて、それを確かめるために二人を箱根に誘ったのよ。株主でもないのに久里浜の施設で懸命に働く彩さんが気の毒でね。あれこれ考えてみたけど、どうしても理解できなくて……」

薫の言うことが彩には理解できず、鎌をかけられているのかと警戒した。だが、彩に同情するような薫の言動がどうにも腑に落ちない。

「どういうことですか？」

湯船から彩の白い上半身が出た。

「専務よ。専務が筆頭株主になったのよ」

「えっ」

「株主は私と専務の二人だけど、四千万を専務は勝手に自分の名義にしたのよ。彩さんに内緒でね」

露天風呂を飛び出した彩は更衣室で体もろくにふかずに浴衣《ゆかた》に着替えると薫を置き去りに、小走りで部屋に向かった。沢村はベッドでまだ眠っていた。彩は沢村の体を揺すって起こした。

「何時？」

目をこすりながら訊く。

「時間なんてどうでもいいじゃないですか。話がありますからここに座ってください」

彩の剣幕に沢村は驚き、言われるままソファに座る。

そこに薫が駆け込んできた。

「話は明日にしない？」

「……話って、何のこと？」

沢村はまだ覚醒してはいなかった。

「温泉に浸かってきなさいよ」

薫が叱るような強い口調で言った。

「そうするよ」

沢村はタオルを持って部屋を出る。

「彩さん、私もまだ話したいことがあるのだけど、今晩はここまでにして休まない？　専務は逃げないわよ」

急ぎ部屋に戻ってきて下手に出る薫を見て、自分が沢村と話をすることを阻止したいのだと思うと、昂《たか》ぶる感情を抑えることができなくなった。

「でも、まだとても寝る気にはなれません」

「わかるけど、明日もあることだし……」

薫がしきりに言う明日になにがあるのか、彩は解せなかった。たしかなことは、今晩、彩と沢村が言い争うのを薫は見たくないということだけだ。

「社長には申し訳ないのですが、法務局に提出する登記書類を私は確認しているのです。そのコピーも持っています。それに八百株の預り証もあります」

彩は必死に訴える。

「あなたは騙されたのよ」

「そんなバカな！」

彩は吐き捨てた。

「それこそ、私が言いたい台詞じゃない。冗談じゃないわよ。二人で私を追い落とそうとしたくせに。残念だけど専務が一枚上手だったたってことなのよ。わかった」

「言葉では納得できません」

「所詮はあなたの四千万円だって、金庫から強奪したお金じゃないの」

薫の口調は冷たかった。

「そう言えば、社長は松崎さんと連絡を取り合っておられますね。何を相談しておられるのですか」

居直った彩は踏み込んだ。

「そんなことあなたと何の関係があるのよ。四千万があなたの手許にあったかどうかを彼から聞き出したかっただけよ」

「それで、松崎さんはどう答えたのですか」

二人の間に険悪な空気が漂い始める。

そのとき部屋のドアが開く音がした。沢村だった。薫と彩の様子がおかしいと思った沢村はまさに烏《からす》の行水で風呂場を出たのだ。薫は沢村の風呂が早いことを今度は咎めなかった。彩と今言い争いをしたくはなかったからである。

「疲れたから、お先に休ませてもらうけど、いい？」

「どうぞ、ご自由に」

冷蔵庫から缶ビールを取り出して沢村はうまそうにソファで飲んだ。

「私も隣の部屋で休ませていただきます」

「じゃあ、おやすみなさい」

薫は横向きになったが、眠っているようには思えなかった。沢村と部屋で話などできるわけもなく、彩は仕切りのドアを閉めて隣室に入った。

沢村は苦虫を嚙み潰したような顔をしてビールを飲んでいた。

2

昨夜彩は沢村に騙されたことが悔しくて、ベッドで寝返りを繰り返し、うとうととしただけで朝になっていた。まだ六時だったが仕切りのドアを開け、ツインベッドで寝ている薫と沢村を尻目に湖畔の露天風呂に行った。

浴場では何人かのお年寄りがすでに入浴を楽しんでいる。彩は浴衣を脱いで洗い場に腰かけタオルで体を洗い湯船に浸かる。体の芯から温まると露天風呂に通じるドアを開けた。湖畔に吹く風が冷たくて気持ちよく、空気は澄み、東の空が明るくなり始めている。間もなく日の出なのだろう。昨夜沢村に騙されていると薫に言われて混乱した頭はまだ疼《うず》いている。露天風呂で日の出など見ている心境ではなかったが、部屋に居ることが耐え難く、薫と沢村を交えたところで早く真相を突き止めたかった。

山の上にまぶしい光線がきらめき、太陽が顔を出す。みなとみらいにある臨港パークから見る横浜港の日の出とは違う荘厳さを感じる。世事が頭から消えたのは一瞬で、露天風呂を出て浴衣を着るとまた株のことが気になり、部屋に戻った。

「早いわねえ、お風呂？」

「はい」

薫は起きていたが、沢村はまだ眠っていた。

「朝食後、出かけるわよ。今日はいろんな処に行って、箱根を満喫しましょうよ」

「専務、起こしますか」

沢村の寝ているベッドに彩が近づく。

「起きてるよ」

間延びした顔で沢村が応じる。

「今日は終日、運転するんだから、朝ご飯しっかり食べてお願いしますよ」

「どこに行くのか知らないけど、箱根のドライブはいいな」

沢村は調子を合わせた。

朝食は和洋食のバイキングで、彩と薫は洋食、沢村は和食だった。八時にはホテルの駐車場を出て、大涌谷《おおわくだに》に向かった。くねくねと曲がって登っていく県道735号の頂上に大涌谷観光センターの大駐車場があった。空は曇り寒気が肌を刺す。三人は徒歩で噴煙地を目指す。

「きつい登りね」

手擦りを摑み薫は一息入れる。

「大丈夫ですか」

薫に声をかけた彩の先を沢村は振り向くこともなく歩いている。十五分ほどで玉子茶屋に着く。沢村が二人を待っていた。

「黒い玉子だよ」

酸性の熱泥でゆでると殻が黒くなる大涌谷の黒玉子を沢村は買い求めた。

「一個食べると七年延命する玉子よね」

「二個食べてみるか」

沢村は二個目の殻をはがした。彩も一個食べてみる。

「十四年延命できたじゃない」

薫は沢村を冷やかして口では笑ったが、その眼元は鋭かった。いっぽう沢村は言動に日頃とは違うぎこちなさがあった。それに彩を避けるような行動をとる。というよりも近づいてこないのである。薫はというと、彩と沢村を一緒にさせないように目配りしている。今回の箱根旅行で薫が何をたくらんでいるのか、まだ彩にはわからなかったが、単なる慰安旅行ではなさそうである。

噴煙地では噴気が烈しく硫黄《いおう》の臭いがたちこめ、熱泥がぐつぐつと煮えたぎっている。そこだけ見ると荒涼とした地獄を連想させる。帰りは下りで楽だったが、薫はゆっくり歩いた。土産物を販売している観光センターのトイレに薫が入った隙に、彩は店内をぶらついていた沢村に近づき、声をかけた。

「昨夜、社長から信じられない話を聞いたのですが、本当ですか」

「唐突に、何の話？」

土産物の寄木細工を見ていた沢村は驚いて振り向く。横に並んで彩は問いつめる。

「登記するとき、別の書類と差し替えて登記したでしょう」

「社長がそう言ったの……」

「あなたが筆頭株主になってるそうじゃないですか」

「馬鹿ばかしい話だ」

「社長が私に鎌をかけているとでも……」

そのとき薫が彩のそばに来た。

「そろそろ、ラリック美術館に行きましょう」

箱根ラリック美術館を見学し、館内のレストランでランチを摂る。薫が楽しみにしていたコースである。車は坂を下って仙石原《せんごくはら》に向かう。助手席の薫は、ルネ・ラリックというフランスのガラス工芸家の作品を展示した美術館なのだと説明して聞かせる。

「なるほど」沢村はうなずきながら訊く。「それで、行ったことあるの？」

「ないから、行くのよ。だけど、箱根の人気スポットらしいわよ」

白いBMWは箱根の盆地である仙石原を走り、間もなくして美術館の駐車場に到着する。赤い縁取りがある紺の制服を着た年配の駐車場係が車を誘導する。建物は優雅で自然あふれる庭園との調和がとても素晴らしい。彩は入口で入場券を購入し、薫と沢村に手渡した。

「悪いわね」

薫は礼をのべたが、沢村は無言で受け取った。薄暗い館内に入ると、照明に照らされたルネ・ラリックのまばゆいばかりのガラス工芸品が目を奪う。息をのむほどの見事なジュエリーもある。二階の展示室に行くと、青と緑のガラスの壺が魅惑的だった。

「きれいよね」

薫が嘆息する。

「陶磁器とはまた違う光沢がいいですよね」

彩が相槌をうつ。沢村は離れて見学している。美術館を出たところに薫のお目当てのル・トランがあった。オリエント急行のサロンカーをヨーロッパから運び、展示紹介しているのだった。その車内はラリックのガラスレリーフに彩られている。

「八十年前にこんな豪華な列車があったとはねえ」

三人は当時のオリエント急行の車内にいた。

「当時の運賃は庶民の年収に相当したらしいから、富裕層しか乗れなかったみたいよね」

「たしか、パリとトルコのイスタンブールを往復していたのですよね」

彩が薫に訊く。

「いろんな路線があったみたいだけどね。しかし、時代には勝てなくてオリエント急行は廃止になるのよ」

車内見学を終えて列車を降りるとランチ時間になる。庭園の中に三面がガラス張りの瀟洒なレストランがある。自然の光を採り入れた開放的で明るいテーブルでランチセットをたのむ。

「いい美術館でしょ」

「そうだな。料理も悪くない」

「お値段もリーズナブルですよね」

新鮮なサラダに地魚と肉料理が出た。

「このあとは、どこに行くのかな？」

コーヒーを飲みながら沢村が訊く。彩は沢村を問いつめることだけを考えていたが、その機会もなく、早くホテルに帰りたかった。

「芦ノ湖に戻って、遊覧船に乗らない？」

「それはいい」

午後から太陽が顔を出し、そのやわらかい陽射しが肌に心地よかった。沢村は仙石原から元箱根に車を走らせる。

元箱根の遊覧船乗場は混んでいた。土日に芦ノ湖を観光する人たちは多い。家族連れや恋人たちで賑わう遊覧船に乗船する。周遊時間は三十分、湖面から見る景色は水面に映るようで格別な趣がある。湖面に立つ朱色の箱根神社の鳥居、圧巻は白い雪をかぶった富士山と残照のコントラストである。赤く色づいた富士は見事だった。

「今生の見納めのような景色だなあ」

沢村は船上で感嘆した。

「そうね。今生の眺めね」

薫は鋭い視線を沢村に投げた。彩は景色観賞に素直に入っていけない屈託を抱えて船上に立っていた。

ホテルに戻ると、日本料理を七時に予約したからと薫が告げる。沢村は部屋の中をうろついていたが、しばらくすると何か逃げるように浴場に向かおうとした。夕食にはまだ時間があった。

「専務、逃げないで、ここに座りなさいよ」

薫はきつい口調でソファを指差した。

「彩さんに謝ることはないの？」

ソファに座った沢村に畳みかける。

「そのことなら、僕と彩さんと二人で話すよ」

沢村が及び腰になる。

「この場で話してください」

厳しい顔で彩が迫る。

「僕を取っちめるために箱根に来たのなら、今から帰る」

沢村は居直った。

「二人が共謀して私を追い落とす算段をしたと思っていたけど、そうでもないようね。専務は彩さんを騙す口実に私を利用したわけよね」

薫は沢村を睨みつけた。

「解釈は勝手だよ。元に戻せばいいじゃないか」

うつむき加減に沢村が弁解する。

「勝手だって？　何よ、その言い草は！」

「だから、乳がん騒動と久里浜のグループホームが重なり、そこに彩さんの資金があった。そういう偶然の仕業《しわざ》なんだよ」

沢村の目が宙に浮いた。

「何が偶然の仕業よ。笑っちゃうわね。私のことをずっと鬱陶しく思ってた癖に……いい機会が訪れたからじゃないの」

「こんな話、帰ってからにしないか。これ以上責められると、どうなるかわからない」

眉間に皺を溜め、顔面をぴくぴくさせた沢村の怖い顔を彩は初めて見た。

「わかったわ」薫はソファから立ち上がり、「食事に行かない？」と彩に声をかけた。

薫と彩は並んで廊下を歩き、後ろに沢村が従い、エレベータを降りて予約をしておいた一階の和食料理店に向かう。

店内は客で満席だった。和服姿の仲居がオシボリをもって注文をとりにくる。

「何にする？」

薫はメニューを見ていたが、懐石のコース料理としゃぶしゃぶだけだった。

「懐石料理も美味しそうだけど、どうする？」

薫が彩に訊く。しゃぶしゃぶは値段が高い。

「おまかせします」

二人から逃げるように独りで冷酒を飲み始めた。

沢村の好物がしゃぶしゃぶであることを薫は知っている。

「じゃあ、しゃぶしゃぶにしようか」

薫は三人前をオーダーし、二合瓶の冷酒を追加する。

「お疲れさま」と薫が音頭をとり、形ばかりの乾杯をする。「どこが一番よかった?」

先ほどまでの厳しい薫の顔が笑顔に変わっている。

「久しぶりに自然を満喫しました。それと、箱根にあんな美術館があるとは意外でした」

沢村に怒りをぶつけることもできず、彩は薫の相手をしながら鍋に野菜を入れる。

「喜んでもらえたら、うれしいわ」

鍋に泳がせた牛肉を胡麻だれにつけて薫は頬張っている。

「このお肉、柔らかくてジューシーじゃない。専務もどんどん食べなさいよ」

黙っている沢村に薫は冷酒を注ぐ。

「もっと飲んで」

「専務はどうするの?」

「それより酒をたのむよ」

沢村は彩を騙したことが露見し、尋常な精神状態ではなかった。

「少し、酔ったな」

沢村はしゃぶしゃぶの箸を止めた。

「どうせ寝るだけでしょ。飲めば気持ちよく眠れるわよ」

薫はお酌を繰り返す。

「そろそろご飯を頼んでもらえないかな」

沢村が彩を促す。

「あとで、麺が出るから、お酒飲み干したらどう？」

「酒はもういいよ」

沢村の顔色が青くなった。元来、酒が強くはないのに冷酒を立て続けに独りで六合も飲んでいる。

「情けないわね」

薫は手酌で冷酒を飲み、沢村のグラスにまた注ぐ。部屋での気まずさに言葉をなくした沢村は仕方なく酒を飲む。間もなく、沢村は箸を置き押し黙った。

「なんか、気分が悪くなってきた」

顔が蒼白になり、冷や汗をかいている。デザートもそこそこに部屋に戻ると、すぐに沢村はベッドに横たわった。

薫は浴室からバスタオルを二枚持ってくるとシーツの上にひろげた。昨日、大浴場から予備を持ってきていたのだ。

「彩さん、手伝ってくれない」

沢村をバスタオルの上に移動させると、薫はボストンバッグから瓶を取り出し、彩に見せた。透明な液体が入っている。

「ウオッカじゃないですか。どうするんですか？」

彩はラベルを見て驚く。

「寝かせたまま飲ませるのよ」

アルコール度数四〇％で五〇〇㎖の瓶である。

「えっ！　これを飲ませるんですか？」

目を見開いて彩が訊く。

「そうよ。早く！　暴れるといけないから、あなた、体を押さえなさい。いい？」

「どうしてですか！　なんで！」

彩は叫び声を上げる。

「うるさいわね。沢村が起きるじゃないの。黙って手伝いなさいよ」

そのとき、沢村がウーと呻《うめ》き声を上げ、覚醒しそうになった。

　キャップをはずしたウオッカを薫は沢村の口を抉《こ》じ開けて流し込む。ウオッカに噎《む》せた沢村はもがくように咳き込み、吐き出してベッドから起き上がろうとする。無意識に駆け寄った彩は沢村の体を必死に押さえる。ウオッカを口に含んだ薫は、沢村の唇に吸い付き、流し込む。沢村は手足をばたつかせ、逃れようともがく。彩は沢村の両腕を背後から羽交い締めにする。なおも薫は口移しでウオッカを沢村の喉に注入する。体中でもがく沢村の苦悶する力が徐々に弱くなっていく。ウオッカを口一杯に含んだ薫は、再度沢村の口に吸い付いた。

　瓶の半分強のウオッカが沢村の胃の中に入ったところで、沢村は動かなくなった。羽交い締めを解いた彩は呆然と突っ立って沢村を見下ろした。薫は残りのウオッカを瓶からだらしなく開いた沢村の口にゆっくりと流し込む。

「もう一本、バッグにウオッカが入っているから、出してくれない？」

　言われるままに彩がバッグを開けると、同じ瓶があった。抵抗しないで瓶を薫に渡す。

「彩さん、今度はあなたが飲ませるのよ」

「死にますよ」

「そうよ。確実に殺すのよ」

「専務が騙したという証拠はあるんですか」

　沢村を羽交い締めにしておいて、彩は矛盾する言葉を吐く。

「バッグの中に書類があるから、見ればわかるわよ」

　会社の封筒を開けると、株主名簿があった。筆頭株主は八百四十株の沢村明人で、株主はその沢村と百六十株の諸井薫の二人しかいない。結城彩の名前はなかった。

「私が会社に振り込んだ四千万円は、どうなったんですか」

　目の前が真っ白になる。

「だから、法務局には登記書類を書き換えて提出したのよ。そうじゃなきゃ、説明がつかないでしょ」

「株主の件で専務と話をされたんですか」

「そうよ、専務はこう言ってたわね。社長にばれたとき、自分が筆頭株主になっていれば彩さんは咎められないから、そうしたのだと。四千万円はいずれ彩さんに返すつもりだったと」

　彩は唖然とした。

「彩さんが筆頭株主になっていたら問題はなかったのよ。そんなこと簡単に取り消せるでしょ。ところが専務だと、そうはいかないのよね。私たちは事実上夫婦だから、騙されたとも言えないしね。それに変なことをすると、専務に社長を解任されかねないのよ。それで、考えた末に殺すことにした。事故死でね」

　彩は言葉を失う。

「本社にいて法務局に行かれると困るから、あなたは久里浜に送りこまれたのよ。私にばれるよりも、あなたにばれるのを怖れたわけよね」

薫は彩に追い撃ちをかける。

彩は頭がずきずきした。目の前で、だらしなく横たわっている沢村をそのとき初めて憎らしく思った。殺意が芽生えた。

3

急性アルコール中毒は、血中アルコール濃度が〇・四％を超えると、一、二時間で死亡する。一時間に日本酒で一升、ビールで十本、ウイスキーでボトル一本程度飲めば急性アルコール中毒になることを薫は確かめてある。

いま沢村はベッドで昏睡状態だった。彩は瓶のウオッカを少しずつ沢村の口に流し込んだが、沢村はすでに飲み込む力をなくし、口からあふれてくる。

「証拠が残るから、口移ししなさいよ」

薫がヒステリックに叫んだ。彩はウオッカを口にふくむ。強烈な臭いだけで酔っ払いそうだった。吐き出すように沢村の口に流し込む。それを何度も繰り返した。

薫は備え付けの冷蔵庫からウイスキーと焼酎を取り出し、洗面所で中身を流し、空になった瓶をテーブルに並べている。ホテルマンか警察の立会いにでも備えているのだろうか。

「もう、いいんじゃない」

横たわった沢村はもうぴくともしなかった。彩は口移しをやめる。

薫は腕時計を見た。午後八時半、沢村の呼吸をたしかめ、腕の脈を診る。

「もう少ししたら、フロントに連絡して救急車を呼ぶわ」

「はい……」

彩は朦朧《もうろう》となって返事をする。

「沢村がバカなことをするからいけないのよ。でも、あなたが四千万円を都合しなければ、こんなことにはならなかったのよねえ」

薫は恨みを正当化した。

彩は殺害の助勢をしたが、友野雄吉のときよりも気持ちは楽だった。

薫が内線でフロントを呼ぶ。

「すぐ救急車をお願いします。夫が意識不明です」

薫に慌てている様子はなく冷静だった。

「だから、心臓が動いてないみたいなんです。早くお願いします」

フロントの対応に薫は苛立つように念を押した。

それから十分ぐらい経っただろうか、担架を持った救急隊員二人が、ばたばたと部屋に入ってきた。沢村の瞳孔を調べ、心臓に耳をあてた。

「急げ！」

年長の隊員が若い隊員に叫んだ。

「奥さんも同行してください」

「彩さんは、ここにいて」

そう言い残して薫は隊員に従い、部屋をあとにする。残った彩はしばらく部屋を眺めていたが、ウオッカの瓶が気になり、残量を水洗トイレに流した。そして、バスタオルと二本のウオッカ瓶をボストンバッグの服の下に隠した。

沢村は死んだ。病院で蘇生することはないと思った。緊張のせいか体が硬くなり、彩はソファで身じろぎもせず薫からの連絡を待った。一時間ぐらい経っただろうか、彩の携帯のバイブが振動し、薫からの電話を知らせる。

「はい、彩です」

「沢村は死んだわ。だけど、これから警察で事情聴取があるのよ。ホテルに刑事が来るかもしれないけど、お願いね」

「お酒を飲んでいたと証言すればいいのですね」

「そうね、そういうことよね」

薫は自分に言い聞かせるように応じた。

午後十時、ベッドのシーツはタオルを敷いていたものの吐瀉物が染みて臭っていた。彩はシーツの汚れを落とし、ドライヤーで丹念に乾かしたあと香水を振り撒いた。そして薫の帰りと来るかもしれない刑事を待った。

午後十一時、薫が帰ってきた。後ろに男性が二人いて、お邪魔しますと挨拶をした。

神奈川県警小田原署の刑事だった。

「ホテルの和食レストランで冷酒六合を飲まれた。部屋に戻り、このテーブルで冷蔵庫に置いてあったウイスキーと焼酎を全部飲んだ。そういうことですね」

年配で頭髪の薄い矢島という刑事がソファで彩に確認した。

「はい」

彩はうなずいた。

「酒の飲み方が速いのですが、アルコール依存症だったとか」

「ですから、そういう事実はないと申し上げたじゃないですか」

薫が話に割って入った。

「何か酒を無茶に飲む理由でもあったのですか」

矢島刑事の眼光が鋭くなった。

「新しい事業を始めたばかりで、何かと悩みもあったみたいですが……ところで、死因は何なのですか」

彩は質問には答えず、話を変えた。

「今のところはっきりしないのですが、アルコールによるものと思われます。解剖の結果次第では、またご足労願うかもしれません。その節はよろしくお願いします」

矢島は頭を下げ、連れの刑事に合図した。

「夜分遅く、事情聴取にご協力いただきありがとうございました」

二人の刑事は辞去した。

「簡単でしたね」

廊下をのぞき、刑事が帰ったことを確かめてから彩は薫に囁いた。

「私は、所轄《しょかつ》で一時間も事情聴取されたわよ。疑ってるからわざわざホテルに来て、あなたに会ったのよ」

薫は浮かぬ顔をしていた。

「でも、死因は急性アルコール中毒でしょ？」

「それが、四十後半の男が急性アルコール中毒になることは珍しいと刑事は私を追及するのよ」

「無茶に飲むことはしないという意味ですか」

「まあ、そういうことね。若者は一気飲みなどを強要されて急性アルコール中毒になるようだけど、それを逆に考えれば、中年が強要されることは考えづらいわけじゃない。だから、自らの意志で飲んだのよ。急性アルコール中毒はアルコールの血中濃度が問題であって、アルコールに強い弱いとか、年齢とかは関係ないと刑事には反論したわよ。すると、よくぞんじですねと笑っていたわ」

「解剖は明日ですかね」

「明日は日曜日だから、明後日じゃないの」

「でも、胃からウオッカが出てきたら、不自然ですよね」

「アルコールの成分なんか、わからないわよ。たとえわかっても、本人が飲み過ぎたんだから、いいじゃない」

「刑事が部屋に来てウオッカが置いてなかったのは、まずかったですか」

「片付けたの？」

「ええ」

「ホテルにウオッカなんて置いてないし、ましてやホテルにウオッカを持ち込むのは不自然だから、それでよかったと思うわよ」

薫と彩は警察に疑われないか、そのことについて思いつくままに言い合った。

「ウオッカじゃなくてウイスキーのほうがよかったんじゃないですか」

「ウイスキーよりもウオッカのほうが効くのよ。だけど、彩さんが協力してくれなければ、殺すつもりはなかったのよ」

「そうですよね。私が止めるか、警察に通報しそうだと殺せませんよね」

「友野雄吉さんを殺しても、ばれなかったじゃない」

「あれは、心不全ですよ」

「今度は、急性アルコール中毒じゃないの」

「警察がそう判断するなら、いいのですが……」

彩はつぶやいた。

4

久里浜の〝憩いの里〟に連絡もなく松崎隆が突然やって来た。彩は来訪に驚いたが、帰ってもらうわけにもいかず応接室に通した。

「お久しぶりです」松崎は微笑み、「突然、職場に現れ、びっくりされたでしょう」と慇懃無礼な言葉を吐いた。

「ご用件をおっしゃってください」

彩は冷たく頑なだった。松崎の訪問理由がわからなかったからである。

「ウエルネスの取締役に就任されたそうですね。おめでとうございます。それに、青いエプロンがとてもよく似合いますよ」

そこにいるのは軽妙な皮肉屋の松崎ではなかった。

「褒めてもらったら、感謝すべきでしょうか？」

彩は悪戯っぽく微笑んだ。

「沢村専務が事故死され、諸井社長はこのホームの運営を結城さんに託されたそうじゃないですか」

松崎は立ち入った話を始めた。

「失礼ですが、どういうご用件で、ここにいらっしゃったのです？」

彩は首をかしげて松崎を見た。

「このたび、沢村専務の後任を拝命しまして、同じ役員としてご挨拶に来たのです」

「なるほど、そういうことだったのですか」

思い出したように彩は忍び笑いをした。

「可笑《おか》しいですか」

松崎が照れ笑いをする。

「これからウエルネスで松崎さんとご一緒するのですね。よろしく」

彩は会釈をする。沢村名義の株の件は落着してはいなかったが、四千万円のお金を請求すると薫から役員の話があり、彩は引き受けたのだった。久里浜の施設をまかせたいというのが表向きの理由だった。

「今日は挨拶だけで失礼させていただきます。後日、ウエルネスの今後についてお話しさせてください」

「わかりました」

彩はうなずき微笑んだ。

松崎は丁重に頭を下げ辞去した。

昼食前の散歩を日課にしている磯田老人が彩を待っていた。施設庭園内を寄り添ってゆっくり歩くのである。

「寒くなりましたね。風邪はもう大丈夫？」

風邪を拗《こじ》らせていた磯田を彩はいたわった。

「今年もあと二週間ばかりだ。何もしないのに月日の経つのは早い」

関係ないことを老人はつぶやく。

「年齢を問わず、忙しくてもひまでも時間だけは過ぎます」

誰に言うでもなく菜園の白菜を見ながら彩もつぶやく。

「ここの経営者が死んだらしいじゃないか」

磯田老人が彩の顔を覗き込む。

「事故でした」

「死んだことに変わりはないだろうが」

「そうですけど……また風邪を引くと大変ですから、お部屋に戻りましょう」

彩は磯田の皺くちゃな手を取った。

「都合が悪くなると女は話題を変えてごまかそうとする。前の谷さんもそうだったぞ」

「そうですか」

「谷さんも辞めたから、彩さんも辞めるのか」

「磯田さんが生きているうちは、辞めませんよ」

「そう、ありがとう」

磯田は彩の手をおもいきり両手で握りしめた。

「痛いです」

老人には意外な力があった。

「きれいな手がいけないんだ」

手をはなした磯田はうれしそうに彩の先を歩いた。


その日の夕方、彩は横浜駅西口の本社に寄った。

「今日、遺体を引き取りに小田原署に行ったわ。すると箱根に来た矢島という刑事に取調室みたいな部屋に連れ込まれたのよ」

打合室で薫は浮かぬ顔をした。

「またですか。しつこいですね」

「それがねえ、急性アルコール中毒じゃなくて窒息死だったのよ。面倒なことになったわ」

「ウオッカは大丈夫だったのですか」

薫の顔を直視して彩は訊く。

「それは言わなかったけど、何か奥歯に物が挟まったような嫌な感じなのよね。窒息死に思い当たることはないかと訊かれたわ」

「どう答えられたのです？」

「ウオッカを口移しに飲ましたなんて言えないから、吐瀉物が喉にでも詰まったのですかねと言ったのよ」

「そうしたら……」

「ベッドで苦しそうな様子はなかったかと訊かれたわ」

「それで……」

「食後すぐに女性二人はお風呂に行き、部屋に戻ったら沢村の様子が変だったので、フロントで救急車を呼んでもらったと繰り返し説明したら、どんな風に変だったのかと訊かれて、普段は鼾をかくのに静かだったので様子を見たら、呼吸が止まっていたと話したわ」

薫は彩に同意を求めるような目付きをした。

薫をかわすように目を逸らした彩は訊く。

「葬儀はいつですか」

「明後日の十七日にしたわ」

「明日が通夜ですね」

「彩さん、手伝ってくれるわよね」

「もちろんです。お手伝いさせてください」

「でも、大丈夫かな……」

薫は不安を口にした。

「彩さんの証言が重要なのよ。第三者のあなたの供述なら警察は疑えないわよね」

彩はうなずきながらも動揺している薫に疑問をぶつける。

「今日、久里浜に松崎さんがお見えになり、専務になられるご挨拶をされたのです。私、驚きました。沢村専務の死後すぐに後任が決まるのって変じゃないですか。まるで、専務の死を予測していたような話ですよね」

「そうじゃないのよ」薫は手をかざして否定した。「以前から、介護事業に興味をもっていたらしく、展開次第では今後の成長が楽しみだと乗り気でね。それと、前の会社の二代目社長が優柔不断で疲れるとこぼしていたわ。私は人を直感で判断する癖が抜けないのだけど、沢村よりはましだと思ったわ」

「沢村専務とはうまくいってなかったのですか」

確認するのも詮ないことだったが、彩は納得だけはしておきたかった。

「そうね、夫婦関係もなかったわね」薫は唇を嚙み締める。「でも、一等頭にきたのは人が乳がんかもしれないと苦しんでいるときに、あなたとつるんで会社の株を勝手に増資して筆頭株主に納まったことだわね。私への恩も忘れて、万死に値することを沢村はやったのよ。

これだけは絶対に赦せなかった。箱根旅行をもちかけ、あなたを共犯者に仕立てた私の気持ちがわかる?」

返す言葉が彩にはなかった。

「もし警察に逮捕されるような事態になっても、あなたも一緒だから覚悟しなさい。そうならないことを祈るしかないわね」

話しているうちに薫の表情は不気味さを増した。

明日夕方七時から保土ヶ谷の斎場で通夜を行い、明後日の十一時から告別式である。彩はその手伝いをすることになった。

松崎隆の正式入社は来年の一月一日付だったが、明日から出社し、最悪の場合は彼にウエルネスを託すことになるかもしれないと薫は言った。

みなとみらいのマンションに戻った彩は広いバスタブで冷えた体を温めながら、目を瞑り箱根のホテルでの光景を思い浮かべた。

口移しで薫にウオッカを飲まされ、沢村の意識が混濁していたことは確かである。だが、そのあと彩がウオッカの瓶を口にあてて流し込もうとしたとき、沢村にはそれを必死に吐き出そうとする力がまだ残っていたのだ。ベッドにこぼして薫に叱られ、彩は仕方なく口移しをする羽目になる。そのとき彩の頭の中で共犯を回避する方策がひらめく。薫は急性アルコール中毒で沢村を殺そうとしている。その加担を彩はしたことになる。だが、窒息死なら、最初にウオッカを飲ませた薫に罪を着せられるかもしれない。

沢村の口からはまだ息が微かに洩れていたのだ。彩は沢村の舌を吸ってそれを確かめた。そこで口いっぱいにウオッカを含むと、沢村の喉めがけて一気に吐き出した。そのあと噎せる沢村の喉に彩は吸いつき塞いだのだった。

薫は冷蔵庫から取り出したウイスキーと焼酎の中身を洗面所で流し、空になった瓶をテーブルに並べる偽装工作をしていた。そのためその行為を二度、三度と繰り返す彩を薫は見てはいなかったのだ。それから彩は口にウオッカを含まないでただ沢村の唇を吸うふりをした。

持参したウオッカで殺すのは罪を認めたと同じである。だから、彩はあの場でウオッカの瓶をバッグに隠した。案の定、刑事がやってきたが、そのとき刑事はウオッカがあったことなど知る由もないから、偽装工作されたテーブルのアルコールを確かめて帰った。


年が明け、松崎隆は正式に専務となってウエルネスに出勤してきた。薫はというと、連日刑事の取り調べを受けている。彩は久里浜のグループホームから本社に戻り、管理部長になった。その人事は松崎によるものだった。

小田原署の矢島刑事が若い刑事を連れ、横浜の本社に彩を訪ねて来た。

「ウオッカについて諸井さんは、横浜駅西口のスーパー〝石井〟で、昨年の十二月十日木曜日の午後六時ごろ、五〇〇mlの瓶を二個買ったと供述されています。これはスーパー石井で裏がとれています。ところが箱根のホテルにはひと瓶しかもっていかれなかった。間違いないですか」

彩は会社の打合室で矢島に事情聴取された。薫から口裏を合わせるように言われている。

「間違いありません。私が社長のバッグから取り出しましたから」

「ウイスキーならわかりますが、なんでウオッカにしたのですかねえ」

薫から聞いているはずなのに矢島は彩に訊いた。

「冬の箱根は寒いじゃないですか、それでスーパーの洋酒売場をのぞいていたら、可愛い瓶のウオッカが目にとまったと聞きました」

「当夜、三人で食後すぐに部屋で飲まれたのですか？　それとも沢村さんだけが飲まれたのですか」

「ウオッカの瓶をテーブルに置いて、社長と私は温泉に行きました。露天風呂にも入り、長湯してしまったのです。部屋に戻ると、ウオッカが半分なくなっていて、沢村専務が真っ青な顔をしてベッドに横たわっていたのです」

「そうですか」

わかっているといわんばかりの顔をして矢島はうなずき、確認する。

「ところで、ウオッカの空瓶を結城さんはどうしてホテルから持って帰られたのですか」

「ホテルにアルコールを持ち込むのは禁止でしょ。ゴミ箱に捨てるのも気が引けたものですから途中のドライブインで捨てました」

それは繋ぎの質問だったのだ。

「和食料亭の仲居の証言によると、沢村さんは冷酒で酔っ払われ、両脇をおふたりが支えるようにして料亭を出られたそうですね。そんなに酔われていて、部屋で度数の強いウオッカを飲みますかね。むりやり飲まされたのじゃないですか」

おそらく薫にも訊いたはずである。刑事は薫の供述と彩の供述との相違を衝くために小田原から来たのだ。

「嫌なウオッカを沢村が飲んだりしますか」彩は矢島の目を見た。「子どもじゃあるまいし、どうやってむりやり飲ませるのです？」

「ウオッカじゃなくても自分で飲んだもので窒息死したりしますかねえ」

知っていて矢島は訊いている。

「もち、ご飯、パンなどが喉につまり窒息死する話は聞きますが、酒では無理でしょう。液体ですからね」可笑しそうに彩は笑い、「吐瀉物が喉につまったのじゃないかしら」と憶測を口にした。

「いやー」

　矢島は薄い頭髪を掻いた。

「ところで、つかぬことをお伺いしますが、沢村専務の後任が会社に来られているそうですけど、手回しがよすぎませんかねえ」

「それは、どういうことでしょうか」

　彩は首をかしげる。

「会わせてもらえればありがたいのですがねえ」

「よろしいですけど、用件をおっしゃっていただけますか」

「お目にかかるだけで結構です」

　矢島は恐縮した。

「お待ちください」

　席を外した彩はオフィスのデスクにいる松崎に刑事が会いたがっている旨を伝えた。

「会えばいいのですね」

　松崎はそう言うと打合室に向かった。小田原から刑事が来ていることに、彼とて無関心なはずはない。

「松崎です」

彩の隣に立ち挨拶する。

「お呼び立てして恐縮です。矢島と言います」

二人の刑事は警察手帳を見せて座り直した。

「じつは、諸井さんを取り調べていて気づいたことなのですが、訊いたこと以外は何も喋らないし、弁明もされない。事件当夜お会いしたときは、多弁で攻撃的な女性経営者だと勝手に思っていたのですが、松崎さんは、そのことをどう思われます」

意外な切り口であった。

「失礼ですが、何を言われたいのか私には理解できません」

背筋を伸ばして松崎は答えた。

「誰かに忠告されているのかと、まあそういう風に思っただけですが、松崎さんの助言ではなかったのですか」

「本件について私は何も存じません」

「そうですか」

矢島は言葉を切った。

「では、仕事がありますので、失礼してもよろしいですか」

「お手間を取らせて申し訳ありませんでした」

松崎が席を外すと矢島は彩に言った。

「隙のない方ですなあ」

「そうですか」

「仕事もそうでしょうね」

彩が黙っていると、

「お時間を取らせて恐縮でした。では、今日はこれで失礼します」

二人の刑事は同時に立ち上がった。

彩が管理部の席に戻ると、待っていたかのように松崎がそばにきて打合室へと促した。

「容疑者として社長の名前がマスコミに出ると、会社は終わりです」

席につくなり松崎は断言した。

「いますぐ役員会議を開いて諸井社長を解任しましょう」

松崎の緊急動議はもっともだったが、彩にはためらいがあった。

「ウエルネスは結城さんの会社なのですよ」

沢村に騙されて株式名義を差し替えられたのである。役員になったとはいえ、その悔しさは晴れてはいない。そのことを問題にする時間がなかっただけだ。薫に嫌疑がかかり、慌しい年末年始を過ごしたのだった。

「社長があまりにも登記事項に無知なので呆れていましたよ。だけど、沢村さんの死亡処理が終わるまでは黙っているつもりでした。しかし、今後の生活のことを考えると、もうそんな悠長なことは赦されない」

　だが、彩には松崎の指摘が理解できなかった。

「会社に保管してある登記書類は法務局に受理された書類とは違うのですか」

「当たり前です。正式書類は横浜地方法務局に眠っていますよ」

「どうして、そんなことが断言できるのです」

　彩は苛立っていた。

「会社に保管されている登記申請書は、たしかに申請要件を満たしてはいますが、決定的証拠に欠けています。たしかに四千万円の増資金額を証明する書面はありますが、もっとも大事な振込人と振込額を記帳した会社の通帳コピーが添付されていないのです。これでは法務局は受理しませんよ。もっとも法務局は資本金には敏感ですが、株主についての管理はしてなくて、登記書類も要件さえ満たしていれば内容を確かめもせずに判を押しますからね」

　彩にもようやく理解できた。沢村は会社保管バインダーを薫が見ることを想定して、偽の登記申請書を添付したのだ。それを見た薫が殺害計画を立てるなど予想もしていなかっただろう。また、彩を騙すつもりもなかったのかもしれない。

「わかりました。諸井社長を解任します」

「今日からウエルネスの社長は結城彩さんですね。二人で頑張りましょう」

「いいえ、利用者とスタッフに感謝するのが新社長の方針です」

彩はこぼれるような笑みを浮かべた。

JASRAC 出1710224-701

この作品は二〇一〇年七月幻冬舎ルネッサンスより刊行されたものです。

幻冬舎文庫

●好評既刊
瘤
西川三郎

横浜みなとみらいで起こった連続殺人事件。死体にはいずれも十桁の数字が残されていた。捜査線上に浮上した二人の男と、秘められた過去の因縁とは。衝撃のラストに感涙必至の長編ミステリ。

●最新刊
罠
西川三郎

自動車販売会社に勤める真人は平穏な日々を送っていたが、同じマンションに住む女・玲子と出会い、人生が狂い始める。支店勤務に左遷され、妻の莫大な借金が発覚——。玲子の目的は何なのか。

●最新刊
鍵の掛かった男
有栖川有栖

中之島のホテルで老年の男が死んだ。警察は自殺と断定。だがホテル関係者は疑問を持った。有栖川と火村が調査するが男の人生は闇で〝鍵の掛かった〟状態だった。男は誰か？ 驚愕の悲劇的結末！

●最新刊
それを愛とは呼ばず
桜木紫乃

妻を失った上に会社を追われた五十四歳の男と、タレントになる夢に破れた二十九歳の女。孤独な二人をつなぐものは、「愛」だったのか、それとも——。美しくも不穏な傑作サスペンス長編。

●最新刊
雨に泣いてる
真山　仁

巨大地震の被災地に赴いたベテラン記者・大嶽は、究極の状況下で取材中、地元で尊敬される男が凶悪事件と関わりがある可能性に気づく……。読む者すべての胸を打ち、揺さぶる衝撃のミステリ！

欲《よく》

西川三郎《にしかわさぶろう》

平成29年10月10日　初版発行

発行人――石原正康
編集人――袖山満一子
発行所――株式会社幻冬舎
〒151-0051東京都渋谷区千駄ヶ谷4-9-7
電話　03(5411)6222(営業)
　　　03(5411)6211(編集)
振替00120-8-767643
印刷・製本―中央精版印刷株式会社
装丁者――高橋雅之

幻冬舎文庫

ISBN978-4-344-42658-0　C0193　　に-11-2

幻冬舎ホームページアドレス　http://www.gentosha.co.jp/
この本に関するご意見・ご感想をメールでお寄せいただく場合は、
comment@gentosha.co.jpまで。